KB048947

하루 한시

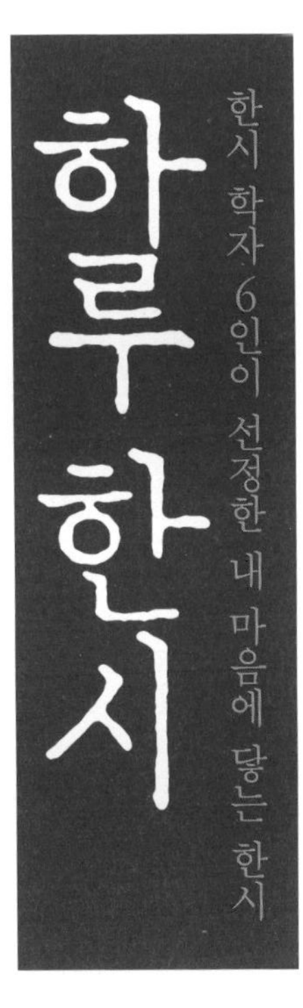

옛사람도 그러해서 시를 읊었다

장유승
박동욱
이은주
김영죽
이국진
손유경

샘터

머리말

한시(漢詩)는 한자로 지은 시다. 한자로 지었으니 중국시라고 생각하면 오해다. 삼국시대부터 구한말까지 한시는 우리의 생각과 감정을 표현하는 우리의 문학이었다. 오랜 세월 우리의 문학이었기에 지금 남아 있는 우리 한시는 아무리 적게 잡아도 수십만 편이 넘는다. 양적으로는 단연 고전문학의 으뜸이다. 그런데 한시를 읽는 사람은 드물다. 여기에는 두 가지 이유가 있다.

첫째, 한시는 어렵다. 요즘 사람들은 한자에 익숙하지 않으니 한시가 어려운 것도 당연하다. 한자를 잘 아는 사람에게도 한시는 어렵다. 수천 년에 걸쳐 만들어진 복잡한 형식과 특유의 표현기법 때문이다. 한자에 익숙한 전문 연구자들도 어려워하는 것이 한시다. 한시를 제대로 이해하려면 상당한 공부가 필요하다. 이것이 한시가 어렵게 여겨지는 이유다.

둘째, 한시는 고리타분하다. 흔히 한시를 음풍농월(吟風弄月)이라고 한다. '바람을 읊조리고 달을 구경한다.' 다시 말해 자연을 노래한다는 뜻이다. 한시는 자연의 아름다움과 그 속에서 살아가는 인생의 낭만을 이야기한다. 하지만 자연의 아름다움을 느끼기에 우리의 감수성은 메말라버렸고, 인생의 낭만을 노래하기에 우리의 현실은 각박하기 그지없다. 이것이 한시가 고리타분하게 느껴지는 이유다.

한시가 이야기하고자 하는 것이 고작 자연의 아름다움과 인생의 낭만에 불과하다면, 한시는 과거의 유물로서 역사의 뒤안길로 퇴장하는 것이 마땅하다. 다행이라면 음풍농월이 한시의 전부는 아니라는 점이다. 대부분의 한시는 고상한 문학작품이 아니라 일상의 기록이다. 자연의 아름다움과 인생의 낭만을 노래한 것이 있는가 하면, 불우한 인생을 고민하고 부조리한 사회를 비판한 것도 있다. 그중의 단연 으뜸은 일상의 한순간에서 얻은 빛나는 깨달음이다.

인간의 삶과 사회의 현실에 대한 통찰이 담긴 이러한 깨달음은 오늘날에도 여전히 가치를 지닌다고 믿는다. 시대는 바뀌었지만 인간과 사회의 본질은 그다지 바뀐 것이 없기 때문이다. 그래서 시대와 국적을 따지지 않고 101편의 한시를 모아 하루의 시간 순서대로 엮었다. 하루에 읽는 한시 한 구절이 오늘도 힘겨운 일상을 살아가는 사람에게 깨달음의 계기가 되기를 바라는 마음을 담았다.

한시는 보통 네 구절, 또는 여덟 구절이다. 요즘 사람들의 호흡에는 이마저도 통째로 읽기는 버겁다. 그래서 독자가 읽기 쉽도록 한 편의 한시에서 두 구절, 또는 네 구절만 뽑았다. 말의 앞뒤를 잘라내어 원의를 왜곡하는 단장취의(斷章取義)라고 비판할 수도 있다. 그렇지만 단장취의를 통해 우리는 한시를 매개로 인간의 삶과 사회의 현실을 이야기할 수 있다. 단장취의는 곡해의 위험을 내포하지만, 해석의 자유와 확장을 가능케 한다.

같은 생각을 가진 한시 연구자 여섯 사람이 이 책을 엮었다. 여섯 사람의 저자는 모두 한시 연구로 박사 학위를 받았다. 한시를 고상한 문학작품으로 연구하는 학자들과 한시를 외면하는 대중 사이에서 우리가 할 일을 모색한 결과, 학문의 영역에 머물러 있는 한시를 일상의 영역으로 돌려보내야 한다는 결론에 도달하였다. 한시는 원래 일상의 산물이기 때문이다. 우리는 우리 시대의 언어로 우리 시대의 일상을 이야기하고자 한다.

2015년 여름에 저자들을 대표하여
장유승

차 례

2부

이제 일어나 앉으니 아침 새소리 꾸짖는다

3부

소 끄는 대로 밭 갈아도 옷은 젖네

4부

찾아오는 벗 없는데 해 저물어 산그림자 길다

5부

달은 차지 않고 별만 밝으니 고향 생각에 아득하다

김홍도, 〈금강사군첩-대관령〉

1부

날은 채 밝지 않았는데 눈은 맑아온다

결함세계

세상은 원래부터 결함투성이
인생이 어찌 어긋나지 않으랴

世道自來多缺陷 人生安得不差池

– 유언술(俞彦述, 1703~1773),
〈친척 형인 파주 사또가 약속을 해놓고 오지 않다[堂兄坡山使君有約不來]〉,
《송호집(松湖集)》

새해가 되면 사람들은 이런 인사를 주고받는다. "새해에는 하는 일마다 모두 뜻대로 되기를 바랍니다." 모든 일이 뜻대로 된다면 얼마나 좋겠는가. 하지만 현실은 그렇지 않다. 《삼국지》에 등장하는 진(晉)나라 장군 양호(羊祜)는 이렇게 말했다. "천하에는 뜻대로 되지 않는 일이 열에 여덟아홉이다." 내 생각대로 되는 일은 적고, 생각대로 되지 않는 일은 많은 법이다.

1741년 3월, 유언술은 친구 세 사람과 함께 개성 여행을 떠났다. 유언술의 친척 형 유언철(俞彦哲)은 마침 개성에서 멀지 않은 파주의 사또로

재직 중이었기에 여행에 동참하기로 약속하였다.

하지만 유언철은 무슨 사정이 있는지 끝내 오지 않았다. 신나는 유람에 찬물을 끼얹은 셈이다. 하지만 유언술은 덤덤했다. 그는 잘 알고 있었다. 세상은 원래 내 뜻대로 되지 않는 법이고 계획한 일은 늘 어긋나기 마련이라는 것을.

내 생각대로 되지 않는 세상을 불교에서는 결함세계(缺陷世界)라고 한다. 우리가 살고 있는 이 세상은 완벽한 세상이 아니라 결함투성이의 세상이라는 말이다. 불교에서는 이 결함세계를 버려야 한다고 말하지만, 우리는 어쨌든 이 결함세계에서 살아가야 하는 운명이다. 결함투성이의 세상에서 모든 일이 뜻대로 되기를 바랄 수는 없다. 세상에는 원래 뜻대로 되지 않는 일이 많다는 사실을 받아들여야 한다.

착한 사람이 복을 받는 것도 아니고, 노력하는 사람이 반드시 보상을 받는 것도 아니다. 악한 사람이 복을 받기도 하고, 노력이라곤 해본 적이 없는 사람이 엄청난 보상을 받기도 한다. 부당하게 느껴질지 몰라도 원래 세상은 그런 것이다.

따지고 보면 우리도 한번쯤은 결함투성이의 세상에게 덕을 본 일이 있지 않은가. 뜻밖의 행운, 노력 없이 이룬 성취, 이 모두가 결함세계 덕택이다.

우리가 사는 세상이 결함투성이라는 걸 인정한다면, 인생의 굴곡에 일희일비할 필요가 없다는 사실을 저절로 깨닫게 될 것이다. 인생이 뜻

대로 되지 않는다고 실망할 필요는 없다. 원래 세상은 그런 것이다. [장유승]

기다리면 꽃 피는 소리도 들린다

하늘이 이 아름다운 물건을 남겨두어
더위로 고생하는 사람 조용히 기다렸네

天心留此娉婷物 靜俟塵脾苦熱時

– 정약용(丁若鏞, 1762~1836),
〈더위를 없애는 여덟 가지 일[消暑八事]〉, 《여유당전서(與猶堂全書)》

이렇게 바쁜 시대에는 사람과 사람 사이를 손쉽게 연결해주는 존재는 필요 그 이상의 역할을 한다. 궁금증이 생기기도 전에 세상사를 손안에 쥐여주는 '스마트폰'은 이미 우리의 일상을 지배하고 있다. 이 녀석은 '소통'이라는 가면을 쓰고 있지만 정작 사람들을 '진정한 관계'로부터 고립시킨다.

지하철이나 강의실, 사람이 많이 모인 곳일수록 심하다. 모두가 기계에서 눈을 떼지 못한다. 내 옆의 누군가에게는 도통 눈을 돌릴 틈이 없다. 스마트폰은 정보 통신의 신세계를 보여줌과 동시에, 인간의 조급함과 불안함도 함께 선물했다. 달갑지 않다. 휴대폰[mobile]이 없으면[no] 공포[phobia]에 휩싸이게 된다는 노모포비아(nomophobia)를 경험하게 되었으니 말이다.

내 손에 어떠한 기기도 들려 있지 않고, 그저 말 한마디로 약속을 주고받던 시절은 기억조차 나지 않는다. 우리는 너무 짧은 기간 동안 '기다림'의 습관을 잊어버렸다. 그리고 사람이든 사물이든 그것의 본질을 알아내려 '숙시(熟視)'하는 방법에 점점 서툴러지고 있다.

원하는 결과를 얻기 위한 '기다림'은 번거롭고 답답하다. 또한 오랜 시간을 두고 자세히 보지 않으면 본질은 파악되지 않는다. '청개화성(聽開花聲)', 즉 '꽃 피는 소리를 듣는다'는 말이 있다. 흔히 옛 선비들의 '풍류'로 알려져 있지만 현재를 사는 우리에게 이는 단순한 '유희'로만 치부될 것이 아니다.

'꽃 피는 소리'를 어떻게 듣는가. 다산 선생은 이른 새벽 '하늘이 내려준 아름다운' 연꽃을 보기 위해 지금의 서대문 터 연못으로 발걸음을 옮겼다. 연꽃봉오리는 사람을 기다리고, 사람은 연꽃봉오리가 피기를 기다린다. 그 가운데 귀를 기울이고 있으면 어느 순간 형용키 어려운 맑은 소리가 들리는데 바로 봉오리가 터지며 연꽃이 피는 소리이다.

다산 역시 이를 즐겼을 것이다. 오늘날엔 상상할 수 없는 '기다림'의 향연이다. 첫새벽 연꽃봉오리와의 만남에도 이렇듯 정성과 시간을 쏟았으니, 사람과의 만남에서는 어떠했을지 짐작이 가고도 남는다. 가끔

내 손 안에 있는 그 빠른 녀석이 시간과 공을 들여야만 도달할 수 있는 만남을 방해하고 있지 않은가 의심스러울 때가 있다.

이 천변만화(千變萬化)하는 세상에 나 혼자 고립되어 살 수는 없다. 본래 '통신'이라는 것도 사람과 사람 사이를 연결시켜주려는 시도에서 비롯된 것이 아닌가. 그러나 그 효율성이 극대화된 지금, 기기를 통한 연계는 자연스러워지고, 직접 누군가를 마주하는 것은 낯설어졌다. 우리에게 필요한 것은 '최신 기기'가 아니라 기다리고 숙시하는 끈기일지도 모른다. [김영죽]

시내를 대야 삼아

대야 깼다 어린 여종 혼내지 말 것이니
괜스레 타향에서 고생만 시키었네
산가의 기이한 일 하늘이 날 가르쳐
이제부턴 시내 나가 내 얼굴 씻으려네

莫爲破匜嗔小鬟 客居買取任他艱
山家奇事天教我 從此前溪抔洗顔

– 윤선도(尹善道, 1587~1671),
〈여종이 낡은 세숫대야를 깨뜨려서[女奚破盥面老瓦盆]〉, 《고산유고(孤山遺稿)》

애초부터 세상은 공평하지 않을지도 모르겠다. 인간이란 태어날 때부터 불평등을 경험하기 마련이다. 용모와 재능, 품성까지 어느 것 하나 타고나지 않는 것이란 없다. 그렇지만 사람들은 어릴 때부터 모두 다 평등하다고 배우며 자란다. 계층이나 계급이란 사슬로 한 개인을 속박할 때, 개인의 역량이나 노력만으로 그 한계를 넘어서기란 사실 말처럼 쉽지 않다.

빈부(貧富)의 차이는 빈부로만 그치지 않는다. 빈부의 차이가 그대로 교육의 차별로 이어진다. 집안이 부유할수록 양질의 교육을 받고, 양질의 교육을 받은 사람이 좋은 학교에 진학하며, 좋은 학교에 진학한 사람이 좋은 직장과 훌륭한 배우자를 만날 확률이 높다. 한 번 하층으로 내려가면 다시는 상류층은커녕 중산층으로도 진입하기 어렵다. 더 무서운 사실은 개인의 불행이 본인의 세대에서 끝나지 않고서 대대로 이어진다는 것이다.

무한 경쟁 속에 능력이 없으면 철저하게 사회에서 배제되고 무시받는다. 화려한 성공 신화만이 모두의 모토가 되어버렸다. 평범한 소시민으로 일상의 행복을 구가하려는 사람은 이제 평범하게도 살지 못한다.

이제 노비는 더 이상 존재하지 않는다. 그렇다고 모두가 자유로운 삶을 살고 있는가? 어쩌면 더 단단해진 구조와 권력 앞에서 초라해진 개인은 죽도록 일만 하다가 한순간에 용도 폐기될지도 모른다. 내 삶의 주인이 되지 못하고, 다른 사람과 거대한 조직을 위해서 사는 것이 어쩌면 그 옛날 종과 다르지 않다.

양반의 생활은 하루라도 종이 없으면 제대로 돌아가지 않을 지경이었다. 가사 노동으로는 집수리, 땔나무 마련, 농사, 물 긷기, 밥 짓기 등이 있었으며 가외 노동으로는 물품이나 편지 전달, 주인의 외출 수행, 물건의 매매 또는 교환 등을 담당했다. 주인이 종을 무조건 닦달하고 괴롭히기도 했지만, 종에 대한 측은지심도 없지는 않았다.

어느 날 윤선도의 시중을 들러 객지까지 따라온 여종이 주인의 세숫대야를 깨먹었다. 화가 날 법도 하지만 시냇가에 나가 시내를 대야 삼아 세수를 한다. 아랫사람을 진정으로 생각해주는 따스한 마음이 느껴진다. 그러나 한 개인의 따뜻한 품성과 배려만으로 사회가 바뀌기를 기대하기는 어렵다. 능력이 떨어지고 소외된 사람이라도 열심히 노력만 한다면 화려하지는 않지만 초라하지는 않게 살 수 있는 세상을 만들어야 하지 않을까? [박동욱]

소문에 대처하기

옳으니 그르니 하는 소리 들릴까 두려워
일부러 흐르는 물더러 온 산을 돌게 하네
常恐是非聲到耳 故教流水盡籠山

– 최치원(崔致遠, 857~?),
〈가야산 독서당에 쓰다[題伽倻山讀書堂]〉, 《고운집(孤雲集)》

이른 새벽, 집 앞에 놓여 있는 신문에서 시작하여 컴퓨터를 켜기만 하면 다양한 소식과 정보들이 홍수처럼 쏟아져 나온다. 하지만 이들이 정확성과 진실성을 담보하고 있는가는 별개의 문제이다. 빠른 시간 내에 뚜렷한 근거 없이 이 사람 저 사람의 입을 거쳐 퍼지는 말들은 그야말로 '소문(所聞)'이자 '풍문(風聞)'인 것이다.

당(唐)나라로 조기유학을 떠난 최치원은 신라로 돌아와 그간 자신이 경험하고 체득한 지식을 나누고자 했다. 하지만 수구 기득권 세력의 모함과 골품제도의 한계에 부딪쳐 결국 가야산으로 들어가 은거했다. 헛

된 시비와 소문을 스스로 차단한 것이다. 언뜻 보면 부득이 세상과 단절된 듯 보인다. 하지만 "일부러[故]" 흐르는 물로 온 산을 둘러쌌다는 말에서 최치원 본인의 자의적 선택임을 짐작할 수 있다. 즉 자신에 대해 함부로 평가하는 것을 용납하지 않겠다는 의미로도 읽을 수 있지 않을까. 이는 진실이 배제된 소문, 풍문에 대한 최치원의 저항이었다.

요즘처럼 대부분의 사람들이 실시간으로 정보를 확인할 수 있는 상황에서는 자의든 타의든 정보의 전파에 가담하지 않을 수 없다. '발 없는 말이 천리를 가는 것'을 떠나 이젠 거의 순간 이동을 하는 셈이다. 민감한 정치적 사안부터 연예인의 사생활까지 그 종류도 다양할 뿐 아니라 상당히 자세해서 마치 스스로 목격한 것처럼 착각하게 된다. 과연 이 와중에 객관성이 제대로 자리 잡을 수 있을까? 정보의 취사선택에 있어 각자의 판단이 불가능하다면, 오히려 소문에 의해 고립되는 결과를 낳는다.

소문은 정보를 제공하는 역할도 하지만, 정작 알아야만 할 사안을 은폐시키는 역할도 한다. 또한 악의적인 소문일수록 사람들의 귀를 자극하며 쉽게 퍼져 나간다. 휩쓸려서 즐기기는 쉽지만, 과연 이것이 진짜일까 의문을 제기하기는 번거롭다. 그러나 이는 해야만 하고, 필요한 일이다. 때문에 지금의 우리에게는 균형 잡힌 안목으로 정확한 정보를 추려낼 수 있는 감각이 무엇보다 절실하다.

세계적인 작가 오에 겐자부로는 이를 '소문에 대한 저항'이라 표현하였다. 절차를 밟아 사실을 소명하려는 적극적 저항도 있겠지만, 일방적인 하나의 매체만을 따르지 않고 비교한다거나 사건의 전후 맥락을 살피려는 노력도 넓은 의미의 저항이라 할 수 있다. 최치원은 가족들을 이끌고 가야산의 은거 생활을 선택했지만 모두가 그럴 수는 없다.

현대 사회에서는 내가 소문의 수신자도 발신자도 될 수 있다는 사실을 인식하는 것이 그 출발점이다. 모든 감각을 열어놓고 어떤 사안에 대한 '의문'을 제기하는 시도 역시 소문을 바로잡는 노력의 한 방법이 아닐까 한다. [김영죽]

상춘(傷春), 봄날의 애상

우습구나. 봄 경치는 내 것이 아니기에
젊은이들이 나누어 가지도록 내버려두네
可笑春光非我有 等閑分屬少年人

– 성현(成俔, 1439~1504), 〈상춘이수(傷春二首)〉, 《허백당집(虛白堂集)》

화사하고 찬란한 봄날, 따뜻하게 내리쬐는 햇살, 무채색 풍경에 여기저기 빛을 띄우는 꽃들. 그런데 왜 이 좋은 봄날에 마음이 아프다는 걸까.

덴마크령인 그린란드의 이누이트(에스키모)들은 전통적으로 우울증이 많고 자살률도 현저하게 높다고 한다. 우울증의 요인은 여러 가지가 있겠지만 이른바 '극지방 히스테리'라고 하는 요소도 무시 못 할 부분이다. 이들은 북극권의 차디찬 동토(凍土)에서 석 달씩 밤이 지속되는 겨울을 견뎌야 한다. 극지방 히스테리는 햇빛이 부족해서 정서적 불안에 시달린다는 뜻으로, 제2차 세계대전 당시 러시아에 주둔했던 다른 나라의 병사들이 공포감과 우울증, 불면증, 자살 충동 같은 다양한 증상으로 고통받았던 사실을 설명하는 말이다.

이들이 살고 있는 땅의 기후와 자연 환경은 가혹하고 매년 겪는 3개월간의 겨울은 몹시 힘겹지만, 의외로 그린란드에서 자살률이 가장 높은 달은 5월이라고 한다. 《자살의 연구》 저자 앨버레즈(Alvarez)가 "자연이 풍요롭고 온화하고 즐거울수록 마음의 겨울은 더 깊어지고 우리의 내면과 외부 세계를 갈라놓는 심연도 더 넓어지고 견디기 어려워지는 듯하다"고 했듯이 긴 겨울 동안 마음 깊이 자리 잡은 우울을 미처 떨쳐버리기도 전에 세상이 너무나 환하게 변해버려서 그런 것은 아닐까.

우리는 인생을 자연 현상에 비유하곤 한다. 밤이 깊을수록 새벽이 가까워진다 하고 추운 겨울을 봄이 올 희망으로 견딘다. 그래서 노년의 삶은 황혼이나 가을에 비견된다. 그러나 낙엽을 떨구고 메마른 가지로 겨울의 추위를 감내하다가 다시 봄이 되면 싹을 틔우는 나무와는 달리 우리의 삶은 결코 계절처럼 다시 봄으로 되돌아가지 않는다. 연둣빛 새싹이 찬란하게 솟아오르는 화사한 봄날은 어느 순간 '나이가 들기만 하는' 우리에게 잔인하게 다가온다.

성현의 이 시 구절을 가만히 보면 봄날에 느끼는 시름의 정체란 노년이 된 자신을 발견하는 것과 관련이 있다. 몸은 노쇠해지고 점차 세상과 멀어지는 것이 불안하기 때문에 봄날과 청춘은 늘 그렇게 혼동되는 것일까.

청춘이 내 것이 아니라는 자조는 노년의 자신이 더 이상 화창한 봄날과 어울리지 않는다는 깨달음에서 나온 것이다. 봄날 씁쓸한 마음을 가눌 길 없는 것은 몸은 늙었지만 마음은 결코 늙을 수 없다는 것, 그리고 살아 있는 동안 결코 마음이 늙는 일은 없으리라는 사실을 누구보다 잘 알고 있기 때문이다. [이은주]

면벽

혼자 공부하니 벽을 마주한 듯
의심과 후회만 뱃속에 가득하네

獨學如墻面 疑晦正滿腹

– 심조(沈潮, 1694~1756),
〈조용히 지내며 속마음을 쓰다[幽居述懷]〉, 《정좌와집(靜坐窩集)》

말이 통하지 않는 상대를 만나면 마치 벽을 마주한 것 같은 느낌을 받는다. 벽을 마주보고 있으면 벽 말고는 아무것도 보이지 않는다. 소리를 질러도 힘껏 밀어보아도 벽은 아무런 반응이 없다. 답답한 심정을 잘 표현하는 말이다.

심조는 17세에 모친을 잃고 병약해진 몸을 추스르기 위해 인천 앞바다의 섬 자연도(紫燕島)로 들어갔다. 지금의 영종도이다. 물 맑고 공기 좋은 섬의 환경 덕택인지 그는 차츰 건강을 되찾았다. 덮어두었던 책도 들여다보기 시작하였다. 하지만 외딴 섬인지라 모르는 것을 물어볼 스승이나 함께 고민할 동학이 있을 리 만무하였다. 이 시는 바로 그때의 답답한 심정을 토로한 것이다.

6년 만에 섬 생활을 청산하고 육지로 나온 심조는 곧바로 권상하(權尙夏)를 찾아갔다. 그는 송시열의 수제자로서 당시 기호학파의 정신적 지주였다. 어렵게 찾은 스승도 결국 3년 만에 세상을 떠났지만, 수많은 동문들이 있었기에 그는 더 이상 혼자가 아니었다.

공자가 아들 백어(伯魚)에게 말했다.

"《시경》을 공부하지 않으면 담장을 정면으로 마주보고 서 있는 것과 같다."

공자가 백어에게 남긴 훈계로 유일하게 전하는 내용이다. 공자는 왜 하필 아들에게 《시경》을 배우라고 하였던 것일까?

《시경》은 당시 지식인들의 공통 교양이었다. 국적이 다르고 언어가 달라도 《시경》에 실려 있는 시를 인용하면 의사소통이 가능하였다. 실제로 춘추시대 각국의 외교관들은 《시경》에 실려 있는 300편의 시를 인용하여 메시지를 전달하였다. 《시경》을 배우라는 것은 곧 타인과 소통하는 방법을 배우라는 뜻이다. 이것이 공자가 아들에게 남긴 유일한 가르침이다.

원래 벽을 마주하는 면벽(面壁)은 불교의 수행 방법이다. 중국 남북조 시대의 승려 달마대사는 무려 9년 동안이나 벽을 보고 도를 닦는 면벽수도를 하였다고 한다. 승려들이 면벽수도를 하는 이유는 자신의 내면에 집중하기 위해서이다. 벽을 마주보고 있으면 벽 말고 다른 건 아무 것도 보이지 않기 때문이다.

속세를 떠난 승려들은 벽을 마주보고 자신의 내면에 집중할 필요가 있겠지만, 속세를 살아가는 우리들은 다른 사람들과의 소통을 단절한 채 벽만 마주볼 수 없다. 우리는 더불어 살아야 하는 운명이기 때문이다. [장유승]

자세히 보아야 예쁘다

•

'붉을 홍' 한 글자만 가지고
눈에 띄는 온갖 꽃을 말하지 말라
꽃술도 많고 적음 있는 법이니
세심하게 하나하나 살펴들 보라

毋將一紅字 泛稱滿眼花
花鬚有多少 細心一看過

– 박제가(朴齊家, 1750~1805),
〈사람들을 위해 고개에 핀 꽃을 읊다[爲人賦嶺花]〉, 《한객건연집(韓客巾衍集)》

•

박제가는 양반 가문의 서자로 태어나서 높은 수준의 교육을 받았으나, 서얼 출신이라는 제약 때문에 출세하지 못했다. 그런 그의 삶에 있어서 새로운 돌파구는 중국 체험, 곧 청나라 연행(燕行)이었다. '서얼'이라는 두 글자를 이름 앞에 다는 순간 사람에 대한 평가가 뒤바뀌곤 하던 조선과는 달리, 청나라의 많은 문사들은 박제가의 인품과 학식만으로 그를 평가했다. 넓은 세상에서 만난 다양한 사람들과의 교류와 그들에게 받은 인정은 박제가를 트인 시야와 국제적 안목을 갖춘 지식인으로 자리할 수 있게 해주었다.

이 시는 박제가가 고갯마루 위에 핀 꽃을 보면서 지은 것이다. '붉다'라는 개념 하나만을 가지고 세상의 모든 꽃들을 표현하는 사람들에게 '자세히 봐야 한다'는 메시지를 전하고 있다. 박제가의 생애와 연결해 생각해보면 서얼의 굴레를 씌워 갖가지 능력을 가진 사람을 평가절하하는 세태를 은연중에 꼬집고 있는 게 아닐지?

"자세히 보아야 예쁘다. 오래 보아야 사랑스럽다. 너도 그렇다."

나태주 시인의 〈풀꽃〉이다. 200여 년을 사이에 두고 나태주의 현대시 〈풀꽃〉과 조선시대 박제가의 〈사람들을 위해 고개에 핀 꽃을 읊다[爲人賦嶺花]〉는 하나로 통한다.

'꽃은 붉다'는 선입견은 붉지 않은 꽃을 외면하게 한다. 심지어 붉은 꽃 사이에도 꽃술이 훤히 들여다보이는 꽃, 깊숙이 숨어 있는 꽃이 있다. 아예 꽃술 자체가 없는 꽃도 있고, 꽃잎이 낱장인 꽃이 있는가 하면, 겹겹이 싸여 있는 꽃도 있다. 이렇게 꽃 하나의 모습도 천태만상이다. 사람은 어떠한가? 과연 한두 글자의 타이틀로 묶어낼 만큼 단순하던가?

사물의 '설명서', '사양' 정도를 지칭하는 스페시피케이션(specification)이 언젠가부터 사람을 대상으로 삼고는 '스펙'이라는 신어로 재탄생했다. 학벌, 학점, 토익, 어학연수, 자격증을 지칭하는 '취업 5대 스펙'이 만들어졌고, 봉사 활동, 인턴 경험, 수상 경력까지 더해진 '취업 8대 스펙'도 공공연하다.

이렇게 대상의 일반화, 규격화에 익숙해진 현대인들에게 박제가는 말한다.

세심하게 하나하나 살펴들 보라! [손유경]

노년의 시간

세상의 묘미는 노년에 남다르고
인간의 삶은 말로가 어렵다네
世味衰年別 人生末路難

– 이황(李滉, 1501~1570), 〈친구의 시에 차운하다[次友人韻]〉, 《퇴계집(退溪集)》

중국의 유명한 시인 두보(杜甫)의 시구 "대장부는 관 뚜껑을 덮어야 비로소 성패가 결정된다[丈夫蓋棺事始定]"에서 유래한 '개관사정(蓋棺事定)'이라는 말은 노년의 의미를 상기시킨다.

젊은 시절 패기 넘치고 용감했던 사람이 노년이 되어 젊은 날의 신념을 저버린 채 변절하기도 하고, 반대로 시간이 흐르면서 젊은 시절 저지른 과오를 고쳐나가는 사람도 있다. 그야말로 야구 명언처럼 '끝날 때까지 끝난 게 아니다(It ain't over till it's over).'

노년은 활력 없는 시기처럼 보일 수도 있다. 인생의 끝자락에서 자신의 삶을 마무리 짓는 것이 그 시기 우리에게 부여된 소명처럼 느껴진다. 노년에는 쇠퇴의 과정을 몸으로 겪어나간다. 육체는 쇠약해지고 사회적 위치나 역할도 사라져간다. 외적인 조건들은 내면으로 침투하기 마련이라 몸이 노쇠해짐에 따라 마음도 약해진다. 배우자와 친지를 사별하고 죽음에 대한 두려움과 고독을 느끼며 약해지는 마음을 추스르는 일에 생각보다 많은 어려움을 겪기도 한다.

그러나 요즘처럼 의학 기술의 발달로 평균 수명이 연장되는 시대에 노년기는 더 이상 인생을 정리하는 시기로 볼 수만은 없게 되었다. 활기찬 노후에 대한 기대는 더 이상 꿈이 아니니다. 일에 얽매여 시간과 체력을 소진했던 중, 장년기에 누리지 못했던 꿈을 깊은 곳에서 끌어올려 활짝 피우기도 한다.

인생 이모작, 신중년을 지칭하는 YO(Young Old) 세대라는 단어가 주목받는 현대사회에서 노인 세대는 봉양이나 보호의 대상에서 자립적이고 적극적인 모습으로 바뀌고 있다.

활기찬 노년을 강조하는 최근의 흐름은 좋은 마무리를 강조하는 '개관사정'과는 다른 관점에서 노년의 가치를 역설한다. 현재든 과거든 노년이 '퇴적의 시간'인 것만은 분명하다. 아무것도 몰라서 곧잘 실수를 저질렀던 젊은 시절과는 달리 상당히 신중해졌을 것이고, 시행착오를 통해 수많은 일들을 겪는 동안 다른 사람들을, 무엇보다도 자기 자신을 좀 더 잘 이해할 수 있게 되었을 것이다.

이황은 화답 요청을 하는 친구에게 당시 자신의 모습을 묘사하면서 조용한 것을 좋아하고 마른 몸이라 추위를 두려워하여 문 닫은 채로 솔바람 소리를 듣고 화로를 끼고 앉아 눈 내린 매화를 구경한다고 했다.

원숙해진 눈과 귀로 들어오는 솔바람 소리와 눈 속의 매화는 어땠을까. 남다른 묘미를 맛볼 수 있는 노년의 유쾌함은 어떤 모습일지 궁금하다. [이은주]

남김의 미학

높이 달린 것은 다 따지 않고
다람쥐 먹이로 남겨둔다네
高蔓摘未盡 留作鼪鼯糧

– 김창협(金昌協, 1651~1708), 〈과일을 따다[摘果]〉, 《농암집(農巖集)》

'음식 남기지 말고 다 먹어라.' 어린 시절 귀가 따갑도록 듣던 말이다. '아프리카 아이들은 그것도 없어 굶어 죽는다'라는 협박에 가까운 발언도 빠지지 않는다. 하지만 어린 마음에도 이해가 가지 않았던 듯하다. 내가 음식을 남기는 것과 아프리카 아이들이 굶어 죽는 게 무슨 상관인가, 오히려 내가 많이 먹을수록 아프리카 아이들은 더욱 굶주리는 게 아닌가.

사실 어른들의 말은 논리적으로 모순이기는 하다. 다만 지금 생각해 보면 어른들이 말하고자 했던 것은 도의적인 책임이 아니었나 한다. 지구 한편에서는 굶어 죽는 사람이 있는데, 다른 한편에서는 음식이 남아서 버린다는 건 부조리한 현실임에 틀림없다. 항상 먹을 것이 부족했고, 어쩌다 먹을 것이 생기면 남김없이 싹싹 긁어 먹어야 했던 부모 세대의 경험이 필시 부조리한 현실에 도의적 책임을 느끼게끔 만들었을 것이다.

'남기는 것은 낭비'라는 관념은 폭발적인 고도 성장기의 산물이기도 하다. 가용한 모든 자원을 남김없이 끌어 모아 활용하는 것이 미덕이었던 고도 성장기에 남김은 비효율이며 죄악이었다. 이러한 관념은 충분히 배가 불러도 단지 남길 수 없다는 이유 하나만으로 꾸역꾸역 집어넣는 또 다른 부조리를 야기한다. 작은 골목 상권조차 남겨두지 않고 모조리 집어삼키려는 대기업의 탐욕은 그 연장선상에 있다. 하지만 고도 성장기 이전의 전통 사회로 돌아가 보면, 남김은 비효율도 아니고 죄악은 더더욱 아니었다.

'까치밥'이라는 것이 있다. 감나무에 감이 주렁주렁 열리면, 다 따지 않고 몇 개는 꼭 남겨두었다. 남겨둔 감은 까치의 먹이가 된다. 그래서 까치밥이다. 감이 많아서 까치밥을 남기는 것이 아니다. 전통 사회에서 과일은 거의 유일한 당(糖)의 공급원이었다. 단맛을 볼 기회가 절대적으로 부족했던 당시, 감은 상당히 욕심나는 과일이었다. 단 몇 개라도 남겨두는 것이 결코 쉬운 일은 아니었으리라. 그럼에도 반드시 남겨둔 것은 남김없이 독차지하는 행위에 대한 모종의 경계, 즉 계영(戒盈)의 관념 때문이었다.

계영배(戒盈杯)라는 것이 있다. 가득 참을 경계하는 술잔이다. 이 술잔에 술을 따르면 어느 정도까지는 괜찮지만 정도를 넘어서면 술이 옆으로 샌다. 권력도 돈도 명예도 가득 차면 반드시 쇠한다는 점을 경계하기 위해서이다. 영의정의 자리에 올랐다가 환국의 소용돌이에 휘말려 목숨을 잃은 부친을 둔 시인으로서는 가득 참에 대한 경계를 더욱 절실하게 느꼈을 것이다.

높은 가지에 달린 과일을 다람쥐 먹이로 남겨두었다는 시인은 나눔보다 경쟁에 익숙해진 우리에게 가득 참에 대한 경계와 남김의 미학을 상기시켜주고 있다. [장유승]

미생에서 완생으로

승리를 거두려면 많은 길을 알아야 하고
위기를 막으려면 멀리 내다봐야 한다네

已知決勝須饒路　更覺防危要遠謀

- 정사룡(鄭士龍, 1491~1570), 〈바둑[碁]〉, 《호음잡고(湖陰雜稿)》

웹툰과 TV 드라마로 유명한 〈미생〉은 인생과 사회생활의 냉혹한 생리를 바둑판에 비유한 작품이다. 이 작품은 '미생(未生, 바둑에서 독립된 두 집이 나지 않아 생사가 불분명한 상태)'이라는 바둑 용어를 앞세워, 늘 무언가에 쫓기면서 살아남기 위해 몸부림치는 현대인의 일상을 실감나게 그렸다. 많은 사람들이 쓰린 마음으로 자신의 삶을 하나하나 복기(復碁)해 가면서 이 작품에 열광하는 이유이다.

〈미생〉을 보면 바둑이 우리네 삶과 닮았음을 새삼 느끼게 된다. 그러고 보니 판세, 국면, 정석, 악수, 꼼수, 승부수, 자충수 등 일상에서 쓰는 바둑 용어가 참 많다. 무엇보다 빈 공간에 바둑돌 하나하나를 배치하고 연결하는 단순한 규칙은 순간순간의 선택으로 이뤄지는 우리 삶과 근본적으로 닮아 있다. 이 때문에 수백 년 전 인물이 바둑을 둔 뒤에 지은 이 시에서도 그 삶의 태도를 짐작하게 된다.

정사룡은 일찍부터 관료로서의 재능을 인정받아 주요 관직을 역임했다. 그는 두 번이나 명나라에 사신으로 가서 문명을 떨쳤으며, 공조판서와 예조판서를 거쳐 학문적 권위의 최고봉인 대제학에 올랐다. 하지만 얼마 못 가 과거시험 문제를 응시자에게 누설한 죄로 파직되었다. 이후 복직되어 다시 공조판서를 지냈지만, 사화(士禍)를 일으켜 사림을 제거하려던 이량(李樑)의 일당으로 지목되어 결국에는 삭탈관직당했다.

이처럼 정계의 한가운데에서 파란만장한 인생을 보낸 정사룡은 한평생 정치적 완생(完生, 바둑에서 독립된 두 집이 나서 완전히 살게 된 상태)을 추구한 인물이라 할 수 있다. 그는 바둑판을 보며 정치판에도 승리를 위한 많은 길과 위기를 막기 위한 치밀한 계획이 필요함을 느꼈을 것이다.

그럼에도 그가 끝내 패배하게 된 이유는 무엇일까? 지난 몇 번의 악수를 복기하며 자신의 잘못을 되돌아보지 않았기 때문일까? 아니면 피비린내 나는 사활이 걸린 정치판의 묘수가 바둑판보다 더 변화무쌍하고 냉혹했기 때문일까? 혹은 정치판에만 빠져 더 큰 인생판을 보지 못했기 때문일까?

어찌되었든 정사룡이 남긴 이 구절은 저마다의 성공을 추구하는 현대인들에게 정석처럼 여겨진다. 그러나 인생에서 실패는 없을 수 없고, 아이러니하게도 그 실패감 속에서 삶이 바둑과 닮아 있음을 절감하게 된다.

이 점에서 〈미생〉의 대사는 실패를 극복하는 정석이라고 할 만하다. "바둑판 위에 의미 없는 돌이란 없어. 돌이 외로워지거나 곤마(困馬, 바둑에서 살기 어렵게 된 돌)에 빠진다는 건 근거가 부족하거나 수읽기에 실패했을 때지. 곤마가 된 돌은 죽게 두는 거야. 단, 그들을 활용하면서 내 이익을 도모해야지. 전체를 보는 거야. 큰 그림을 그릴 줄 알아야 작은 패배를 견뎌낼 수 있어."

다만 여기에서 앞으로 내가 어떤 이익을 도모할 것인가에 따라, 꿈꾸는 완생의 모습이 얼마든지 달라질 수 있음을 기억해야 할 것이다. [이국진]

독서와 여행

만 권의 책을 독파하고
만 리 먼 곳을 유람한다

讀書破萬卷 遠游窮萬里

– 오한응(吳翰應, 1854~?), 〈동유초에 쓰다[東游艸題詞]〉, 《고환당수초(古歡堂收艸)》

《동유초(東游艸)》는 조선 말기의 개화사상가 강위(姜瑋, 1820~1884)가 1880년 김홍집(金弘集)을 따라 일본에 다녀오면서 지은 시를 엮은 책이다. 당시 강위는 서기(書記)로서 김홍집을 수행하였다.

해외여행을 꿈도 꾸기 어려웠던 그 당시, 강위는 누구보다 해외여행 경험이 많은 사람이었다. 강위는 일본을 여행하기에 앞서 이미 두 차례 북경에 다녀왔으며, 1882년 신사유람단의 일원으로서 다시 한 번 일본을 방문하였다. 임오군란이 일어나자 신사유람단은 급히 귀국길에 올랐으나, 강위는 일행과 헤어져 홀로 나가사키를 거쳐 상하이를 여행하고 돌아왔다. 그는 여행을 통해 변화하는 세계를 목도했고, 조선이 살아남을 길은 개화뿐이라고 굳게 믿게 되었다. 조선의 미래에 대한 그의 통찰은 '만 리 먼 곳을 유람'한 경험에서 나온 것이다.

이제 만 리 먼 곳을 유람하는 경험은 더 이상 소수의 전유물이 아니다. 해외여행객은 연일 사상최고치를 갱신하고 있다. 여름휴가 기간은 물론 연휴가 조금만 길어진다 싶으면 너도나도 해외로 탈출을 감행하느라 공항은 사람으로 발 디딜 틈이 없다.

굳이 많은 돈과 시간을 들여 해외로 나가는 이유는 무엇일까. 여러 가지 이유가 있겠지만, 색다른 경험에 대한 욕구가 가장 클 것이다. 익숙한 곳을 벗어나 낯선 곳을 여행하며 얻는 색다른 경험은 여행의 쾌감을 배가시킨다.

익숙한 공간에서 반복되는 일상에서는 아무런 변화를 기대할 수 없다. 낯선 환경 속에서의 색다른 경험은 변화와 발전의 계기를 제공한다. '나를 찾는 여행' 또는 '나를 바꾸는 여행'을 꿈꾸는 사람들이 죄다 해외로 몰려나가는 것도 이 때문이다. 그런데 적지 않은 돈과 시간을 들여 먼 곳을 여행하였지만, 돌아오고 보면 나 자신은 그대로이다. 어째서 그럴까.

해답은 이 시에 있다. 강위는 만 리의 여행을 하기 앞서 만 권의 책을 읽었다. 그에게 여행은 독서를 통해 얻은 추상적인 지식을 구체적인 현실에서 확인하는 계기였다. 여행은 독서를 통해 얻은 지식을 확인하고 각인(刻印)하는 과정이다. 독서 없는 여행이 경험치를 더하기로 늘려주는 산술급수라면 독서와 여행의 병행은 경험치를 곱하기로 늘려주는 기하급수이다.

나를 찾기 위해, 또는 나를 바꾸기 위해 여행을 떠났지만 아무것도 찾지 못하고 아무것도 바꾸지 못한 채 돌아왔다면, 그 원인은 여행 경험의 부족이 아니라 독서 경험의 부족에 있다. 독서가 뒷받침되지 않는 여행은 공허할 뿐이다. 여행이 변화와 발전의 계기가 되기를 기대한다면 독서는 필수다. [장유승]

내면을 읽어내는 따스함

한 떨기 연꽃 머리엔 비취 장식 꽂고
꾀꼬리, 제비가 모두 무색하구나
석류꽃 수놓은 치마 밑 비단 버선발을 드니
초승달 모양 귀밑머리에 귀고리가 흔들리네

一朶芙蓉綃翠鬟 鶯鶯燕燕摠無顔
石榴裙底蹴羅襪 偃月鬢邊搖寶環

– 김진수(金進洙, 1797~1865), 〈연경의 노래[燕京雜詠]〉, 《벽로집(碧蘆集)》

화려한 머리 장식, 여인의 아름다운 옷, 치마 사이로 언뜻 보이는 버선발. 꾀꼬리와 제비가 무색하다 하였으니 분명 이 무희(舞姬) 혹은 배우는 외모뿐 아니라 목소리도 청아했던 모양이다. 고운 노래, 요염한 춤사위의 한 장면을 연상케 하는 이 시는 중국 전통 잡극(雜劇)에 등장하는 주인공을 묘사한 작품이다.

무희의 요염한 자태는 그리 신기할 것이 없다. 그러나 이 시에는 특별한 사연이 있다. 누가 보아도 여인인 듯한 시 속의 주인공은 실은 어여쁜 미동(美童), 즉 소년이었다.

이 시의 작자는 19세기에 활동하던 중인층 시인 김진수이다. 그는 1832년 생애 처음 청나라로 가는 조선 사신단을 따라갔다가 북경의 저잣거리에서 배우들의 공연을 보게 된다.

조선의 연행사(燕行使)가 북경의 볼거리 가운데 단연 으뜸으로 꼽았던 것은 각종 환술(마술)과 잡기, 연극 공연이었다. 그래서 그들은 이와 관련된 기록들을 자주 남겼다. 낯선 데다 흥미롭기까지 하다면 기록할 가치야 충분하지 않겠는가. 하지만 실망스럽게도 그 광경을 묘사하는 방법은 천편일률적이었다. 그저 배우의 겉모습을 형상화하는 데 주력했기 때문이다.

김진수는 이 시를 쓰고 말미에 다음과 같은 설명을 덧붙였다.

"소설에서 소위 호한(好漢)이라 일컫는 자가 바로 지금의 소년 배우인 우동(優童)이다. 천하에서 외모가 어여쁜 사내아이를 사서 춤과 노래를 가르치면 값이 크게 오르고 귀해진다. 왕공귀인들은 그를 초청하여 하룻밤 자는데, 그 대가는 수백금을 넘어서기도 했다. 그러나 3, 4년이 지나 수염이 나기 시작하면 환술을 배워 사방을 돌아다니니, 일생 동안 속신(贖身)할 수 없게 된다."

시인 김진수는 어린 미소년의 공연을 보면서 그 화려함에만 눈을 두지 않는다. 왕공귀인의 노리개가 되었다가 2차 성징이 나타나면 결국 버려져 환술을 배워야만 하는 가련한 삶으로 시선을 옮긴 것이다.

그는 어린 배우의 몸짓 이면에서 명·청 시대를 풍미한 남색(男色) 풍조까지 읽어냈다. 현상의 이면에 있는 배우의 아픔을 독자가 공감하길 바랐기에, 시 말미에 보충 설명을 해놓은 것이다.

우리는 그야말로 소통, 공감이 사회적 화두가 되는 시대를 살아가고 있다. 소통과 공감은 토론과 합의로만 이루어낼 수 있는 것이 아니다. 익숙하게 서로를 바라볼 때 웃음 뒤의 쓸쓸함을 읽어낼 수 있는가. 생면부지 타국에서 본 한 소년의 화려한 몸짓에서 슬픔을 발견한 시인 김진수의 마음이라면 가능할 법도 하지 않을까. [김영죽]

독수리 비행 훈련

•

나랏일은 모두 때가 있으니
행여나 고향집 그리워 마라
날마다 좋은 소문 들려오면
내 곁에 있는 것보다는 낫겠지

王事皆有期　勿爲戀家鄕
令聞日以彰　勝似在我傍

– 서영수합(徐令壽閤, 1753~1823),
〈연경 가는 큰아들에게 부치다[寄長兒赴燕行中]〉, 《영수합고(令壽閤稿)》

•

엄부자모(嚴父慈母)라는 말이 있다. 엄한 아버지와 자애로운 어머니라는 뜻이다. 아버지는 자식을 엄하게 가르치고, 어머니는 깊은 사랑으로 보듬어야 함을 이르는 말이다. 그러나 어릴 때 읽은 위인전의 내용을 떠올려보면 그 위인들을 키워낸 어머니들은 자모(慈母)보다는 차라리 엄모(嚴母)라 할 수 있다.

조선 후기에 좌의정과 대제학을 지낸 대학자 연천(淵泉) 홍석주(洪奭周)와 문장가로 이름을 남긴 항해(沆瀣) 홍길주(洪吉周), 정조대왕의 사위가 된 해거재(海居齋) 홍현주(洪顯周)까지, 남부럽지 않은 아들 셋을 길러낸 위대한 어머니 서영수합 역시 자녀 교육에 엄격했던 것으로 유명하다. 특히 장남 홍석주에 대한 교육열은 상당해서 아무리 늦은 밤이라도 배운 것을 제대로 기억하고 있는지 암송하게 하였으며, 하루의 공부 계획을 모두 끝마친 후에야 잠자리에 들게 했다고 한다.

이 시는 1803년 중국 연경에 사신으로 가는 큰아들 홍석주에게 어머니 서영수합이 보낸 것이다. 나라의 중책을 맡아 떠나는 만큼 나랏일에만 집중하기를 당부하는 시에서 그리운 마음을 애써 억누르는 엄한 어머니의 모습을 읽을 수 있다.

독수리는 엄한 어미를 상징하는 새다. 독수리는 새끼들이 독립할 때가 되면 새끼를 벼랑 끝으로 유인하여 밀어버린다. 그러고는 힘없이 떨어져 내리는 새끼를 물고 올라와 다시 떨어뜨리기를 반복한다. 이를 통해 새끼 독수리는 낙하에 대한 공포를 극복하고 마침내 제 힘으로 비행할 수 있게 된다. 위험천만한 훈련을 반복시키는 어미 독수리는 한없이 모질어 보이지만 사실은 한순간도 새끼에게 시선을 떼지 않는다. 떨어지는 새끼 독수리를 다시 물어서 올라오기 위해서는 어미 새 역시 집중력을 잃어서는 안 된다. 어미 새의 한없는 사랑이 엄한 훈련의 바탕이었다는 사실을, 제 힘으로 창공을 가를 때쯤 새끼 독수리는 깨닫게 되지 않을까?

독립할 나이가 훨씬 지났는데도 어른이 되기를 거부하고 소년에 머물러 있으려는 피터팬증후군을 가진 사람들이 늘고 있다. 무엇이든 떠

먹여 주는 학교 및 가정의 교육 방식이 그 원인 중 하나라고 한다.

만일 독수리가 새끼에게 나는 법을 혹독하게 가르치지 않고 매번 등에 업어 날았다면 새끼 독수리는 날 수 있었을까? 생각해볼 일이다. [손유경]

소매가 길면 춤을 잘 춘다

소매가 길면 원래 춤을 잘 추고
땅이 좋으면 수확이 많은 법

長袖固善舞 美疇能多稼

– 박태순(朴泰淳, 1653~1704), 〈임 판서를 애도하며[任尙書輓]〉, 《동계집(東溪集)》

"소매가 길면 춤을 잘 춘다."《한비자(韓非子)》, 〈오두(五蠹)〉에 나오는 말이다. 소매가 긴 옷을 입고 춤을 추면 동작이 더욱 우아하고 아름답게 보인다. 능력보다는 조건이 좋아야 한다는 말이다.

땅이 좋아야 수확이 많다는 말 역시 마찬가지다. 척박한 땅에서 아무리 땀 흘려 농사를 지어봤자 수확은 얼마 되지 않는다. 땅이 좋으면 조금만 공을 들여도 수확이 많다.

이 시는 조선 중기 문인 임상원(任相元, 1638~1697)을 애도하며 지은 시다. 임상원은 대대로 고위 관료를 배출한 명문가 출신이다. 일찍 부친을 잃었지만, 젊은 나이에 과거에 급제하여 순탄한 벼슬길을 걸었다. 지금의 부총리에 해당하는 좌참찬(左參贊)을 역임하고 생을 마칠 때까지 별다른 고난을 겪지 않았다. 요즘이야 집안이 좋아서 출세했다고 하면 모욕으로 여기겠지만, 옛날에는 그렇지 않았다. 박태순은 임상원이 훌륭한 가문의 후예로서 그에 걸맞은 성취를 거두었다고 칭송하기 위해 이렇게 말한 것이다.

성공한 사람들은 하나같이 순전히 자신의 능력으로 성공을 거두었다고 말한다. 하지만 이면을 자세히 살펴보면 좋은 조건에 힘입어 성공을 거둔 이들이 적지 않다. 조건이 좋았다는 사실을 일부러 감추거나, 아니면 조건이 좋았다는 사실을 자각하지 못하는 이들이 대부분이다. 자기가 누리는 조건이 얼마나 큰 특혜인지 알지 못한다.

모든 문제를 주어진 조건의 탓으로 돌리면 개인의 발전은 없다. 하지만 조건의 중요성은 결코 무시할 수 없다. 반대로 모든 문제를 개인의 탓으로 돌리면 사회는 바뀌지 않는다. 이것이 우리가 사회 환경을 개선하기 위해 끊임없이 노력해야 하는 이유이다. [장유승]

더불어 사는 동물

•

예전에 묵고 간 손 때로 반기고
밤에 가는 사람 잘도 안다네
짐승 잡는 재주는 매우 빠르고
염탐할 때 청력은 귀신같다오

時迎曾宿客 能識夜歸人
攫獸才多捷 伺偸聽有神

– 이응희(李應禧, 1579~1651), 〈강아지 두 마리를 얻고[得二狗子]〉, 《옥담시집(玉潭詩集)》

•

2015년 한 시장조사 전문기업이 국내의 만 19~59세 성인 남녀 천 명을 대상으로 실시한 '반려동물 관련 인식 조사'를 살펴보면 절반 이상(54.1%)이 현재 반려동물을 기르고 있거나, 과거에 기른 경험이 있다고 답했다. 실제로 TV 드라마나 예능 프로그램에서 반려동물이 비중 있게 다루어지는 경우가 늘고 있고, 이로 인해 온 국민이 그 이름을 아는 스타급 동물들도 등장하게 되었다. 어떤 이는 이런 현상에 대해 같은 인간에게 상처받기 싫어하는 마음이 혼자서는 살아갈 수 없는 외로움과 맞물려 반려동물을 향한 애정으로 번지고 있다고 진단한다.

그렇다면 동물에 대한 애호는 오늘날에 국한된 특이한 현상일까? 여기에 그 누구보다 개를 아꼈던 조선의 한 시인이 있다. 옥담(玉潭) 이응희는 성종의 셋째 아들 안양군(安陽君)의 후손으로, 광해군 때 과거를 보기는 했으나 곧 벼슬에 대한 뜻을 접고 경기도 과천에 있는 수리산 아래에서 농사를 지으며 평생을 살았다. 그의 시에는 시골 마을에서 살아가는 선비의 소소한 즐거움이 담박하게 묘사되어 있는데 이웃집에서 선물한 강아지 두 마리 역시 그러한 즐거움 중 하나였다. "개는 무심한 동물이 아니니 닭과 돼지와는 비교할 수 없다[犬匪無心物 鷄豚比莫倫]"고 말하는 시인에게서 강아지에 대한 남다른 애정을 읽을 수 있다. 이 시 역시 다섯 글자로 표현된 매 구절을 통해 강아지만이 갖고 있는 신통한 재주들을 하나하나 짚어 칭찬하고 있다.

이응희 같은 시골 선비들만 동물을 사랑했는가? 아니다. 조선 후기 학자 김시민(金時敏)의 《동포집(東圃集)》에는 〈노란 고양이에 관한 노래[金猫歌]〉가 실렸는데, 이는 숙종이 애지중지했던 고양이를 읊은 것이다. 내용을 보면 이 금빛 고양이는 숙종이 직접 '금손(金孫)'이라는 이름을 지어주었을 정도로 숙종의 사랑을 독차지했는데, 숙종이 죽자 고양이 역시 음식을 먹지 않고 울기만 하다가 따라 죽었다고 한다.

사람과 동물의 본성이 같은가 다른가에 대한 논의는 조선조 성리학자들 사이에서도 끊임없이 진행되어왔고, 여전히 다양한 생각들이 존재할 수 있다. 그러나 깊은 논쟁은 제쳐두고서라도 동물들이 오랜 기간 동안 인간과 함께 살아온 친근한 벗이었다는 사실은 분명하다. 가지고 논다는 뜻이 강한 '애완(愛玩)'이라는 말 대신 함께 살아가는 짝의 의미를 가진 '반려(伴侶)'라는 수식어를 동물들에게 부여한 것도 그들이 긴 시간 동안 인간의 친구가 되어준 공로를 인정한 결과이다. 게다가 반려동물은 때때로 인간에게 깨달음을 주기도 한다.

김시민은 간신들에게 "말세의 인간들아, 이 고양이 금손이를 보고 부끄러워하라"고 말했으며, 중국 당나라 시인 백거이는 불효자를 "먹이를 물어다가 어미 새를 봉양하는 까마귀만도 못한 것들"이라고 꾸짖었다. 동물에 대한 애호가 지나치다는 걱정을 하기에 앞서 동물만도 못한 인간은 없는지 반성해볼 일이다. [손유경]

만년의 절개

책 읽으니 남은 인생 짧은 것이 점점 아쉬워지고
살아 보니 만년의 절개 지키기 어려운 줄 알겠네

讀書漸惜餘年短 閱世方知晩節難

– 이서구(李書九, 1754~1825),
〈겨울날 영평의 산속 집으로 돌아가며[冬日歸洞陰山居]〉, 《척재집(惕齋集)》

"날씨가 추워진 뒤에야 소나무와 잣나무가 늦게 시든다는 것을 알 수 있다." 《논어(論語)》, 〈자한(子罕)〉에 나오는 공자의 유명한 말이다. 여름에는 모든 초목이 푸른빛을 뽐낸다. 하지만 겨울에도 푸른빛을 그대로 유지하는 건 소나무와 잣나무 같은 상록수(常綠樹)뿐이다. 항상[常] 푸른[綠] 나무[樹]라는 뜻이다.

책을 읽으면 아는 게 많아질 것 같지만, 실은 그 반대다. 책을 많이 읽을수록 내가 아는 게 적다는 걸 깨닫게 된다. 더 많은 책을 찾아 읽어야겠다는 생각이 든다. 그래서 책을 읽으면 읽을수록 책 읽을 시간은 부족해진다.

혈기왕성한 젊은이들은 어떠한 위협과 유혹에도 쉽사리 지조를 바꾸지 않는다. 하지만 그러던 사람도 나이가 들면 현실과 타협하고 스스로 지조를 바꾸는 경우가 많다. 세상 경험이 많으면 많을수록 젊은 시절의 뜻을 지키기 어렵다는 걸 깨닫게 된다.

예로부터 사람을 평가할 때는 만년의 지조를 보아야 한다고 하였다. 만년의 지조를 지키기 어려운 이유는 몸과 마음이 약해지면서 자신을 반성하고 채찍질하는 노력을 게을리하기 때문이다.

더구나 오랜 세월 쌓아온 지식과 경험을 과신한 나머지 고집과 독선에 빠지기 쉽다. 결국 젊었을 때라면 결코 하지 않았을 짓을 저지르게 된다. 이것이 만년의 지조를 지키기 어려운 이유다. 평생 걸어온 길과 전혀 다른 모습을 드러내면서도 조금도 부끄러워하지 않는다. 사람의 생각이 바뀔 수도 있겠지만, 젊은 시절의 순수한 뜻만은 바뀌지 않았으면 한다. [장유승]

겨울나기

추위가 한 번 뼈에 사무치지 않는다면
어찌 코를 찌르는 매화 향기를 얻으랴

不是一番寒徹骨 爭得梅花撲鼻香

– 황벽희운(黃檗希運, ?~850), 〈상당개시송(上堂開示頌)〉, 《오등회원(五燈會元)》

영화 속에서 처절하고 고통스러운 상황을 이겨내는 주인공의 모습은 감동적이다. 사람들은 이런 주인공의 모습을 보며 진한 카타르시스를 느끼고, 비극을 극복하는 모습에서 희망과 용기를 얻는다. 그러나 막상 나 자신이 힘겹고 고통스러운 현실에 처하게 되면, 영화 속 주인공처럼 멋지게 행동하기는 쉽지 않다. 현실에서는 역경의 시간이 결코 두 시간 내외로 끝나지 않고, 그 결과도 해피엔딩을 장담할 수 없기 때문이다.

살다 보면 어느 순간 나에게 겨울이 왔음을 직감할 때가 있다. 객관적으로 봤을 때 정도의 차이는 있겠지만, 본인이 맞이하는 겨울이 가장 추운 법이다. 고통은 주관적이다. 하지만 많은 인생의 선지자들은 그 고통과 문제가 무엇이든 간에 이겨내는 방법은 그것을 뚫고 지나가는 것뿐이라고 말한다. 선지자들은 고통과 문제를 회피하면 잠시 안도를 느낄 수는 있으나, 그 고통과 문제 속에서 영원히 헤매거나 또 다른 형태의 더 큰 고통과 문제를 만나게 된다고 말한다.

아놀드 조셉 토인비는 《역사의 연구》에서 인류의 역사를 도전과 응전의 과정으로 설명했다. 토인비는 인류가 끊임없이 외부에서 주어지는 가혹한 환경과 시련의 도전을 받아들여 응전함으로써 문명과 역사를 발전시켜왔다고 말한다. 인류의 성숙 과정이 그러하다면, 한 인간의 성숙 과정도 그러할 것이다. 황벽선사의 이 시는 그 과정이 사실은 대자연의 법칙임을 일깨운다.

창밖으로 보이는 앞집의 한 그루 나무가 올해도 가을바람에 낡은 잎을 떨어뜨리고 있다. 이제 발밑에 떨어진 낡은 잎을 거름으로 삼아, 앙상한 가지를 드러낸 채 몇 달간의 겨울을 지내야 할 것이다. 그 사이에 오랫동안 칼바람도 맞아야 하고 눈보라도 견뎌야 하리라. 그리하여 다시 언 땅이 녹는 시절이 오면, 뼈에 사무치는 추위를 견뎌낸 힘으로 지난날 낡은 잎이 떨어진 바로 그 자리에 새잎을 밀어 올릴 것이다.

비록 그윽한 매화 향기가 나지 않더라도, 저 한 그루의 나무는 물론 이름 모를 들꽃이나 길가의 풀잎들 모두 뼈에 사무치는 추위를 견뎌낸 힘으로 봄을 맞는다. 그러기에 봄에 소생하는 모든 생명들은 진정 아름다우며, 그 아름다움을 가져다주는 겨울 추위도 아름답다고 하겠다.

[이국진]

내 나이가 몇인데

•

모르겠네, 옛사람은 무슨 운수였기에
내 나이에 벌써 명성과 사업을 이루었나

不識古賢胡命數 名成業就已吾年

- 김낙행(金樂行, 1708~1766), 〈스스로 한탄하다[自歎]〉, 《구사당집(九思堂集)》

•

지난 역사를 보면 젊은 나이에 큰 성공을 거둔 인물이 많다. '힘은 산을 뽑고 기운은 세상을 덮는다[力拔山, 氣蓋世]'는 서초패왕(西楚霸王) 항우는 24세에 군사를 일으켜 진(秦)나라의 폭정에 맞서 싸웠다. 그가 진나라의 대군을 격파하고 제후들을 불러 모으자, 제후들은 그의 위세에 눌려 모두 벌벌 떨며 무릎걸음으로 찾아갔는데, 감히 얼굴을 들어 쳐다보지도 못했다. 항우의 나이 26세 때의 일이다.

《삼국지》에 등장하는 오(吳)나라 손책은 20세에 강동 지방을 평정하여 소패왕(小霸王)이라는 칭호를 얻었고, 당(唐)나라 태종은 18세에 군사를 일으켜 여러 군벌들을 차례로 제압하였다. 이들에 비하면 28세에 군사를 일으켜 30세에 황제의 자리에 오른 후한(後漢)의 광무제는 오히려 늦은 편에 속한다고 하겠다.

김낙행이 이 시를 지은 때는 그의 나이 31세 되던 해이다. 당시 그는 유배된 부친 김성탁(金聖鐸)을 따라 제주도에 머물고 있었다. 부친의 유배는 언제 풀릴지 알 수 없는 상황이었다. 이십 대의 나이로 천하를 주름잡은 영웅들을 생각하면, 서른이 넘어 제주도에서 허송세월하고 있는 자신이 한심하게 여겨졌으리라. 하지만 이것은 갓 서른에 접어든 젊은이의 조바심일 뿐이다.

일찍 성공했으나 얼마 못 가 나락으로 떨어진 사람이 있는가 하면, 일생의 대부분을 낮은 곳에서 굴욕을 당하며 살다가 말년에 대반전을 맞이한 사람도 있다. 이 역시 지난 역사가 증명하는 사실이다.

한(漢)나라 고조(高祖) 유방은 47세까지 마을 이장에 불과하였으나 군사를 일으킨 지 8년 만에 황제의 자리에 올랐다. 주(周)나라 무왕(武王)을 도와 천하를 제패한 책사 강태공은 80세까지 낚시하는 노인에 불과하였다.

와신상담(臥薪嘗膽)의 고사로 유명한 월왕(越王) 구천(句踐)은 23세의 젊은 나이로 왕위에 올랐지만 오왕(吳王) 부차(夫差)에게 패배하고 복수를 다짐한 끝에 47세의 중년이 되어서야 비로소 오나라를 정벌하여 치욕을 깨끗이 씻었다. 춘추시대 진(晉)나라 헌공(獻公)의 아들 중이(重耳)

는 계모의 참소를 받고 나라를 떠나 무려 19년 동안 외국을 떠돌다가 62세의 노인이 되어 비로소 고국으로 돌아와 임금의 자리에 올랐다. 이들은 이른바 대기만성(大器晩成)의 대표적인 사례이다.

주위 사람보다 한두 해만 늦어도 조바심을 내는 것이 사람 마음이다. 대학 입시에 한두 번 떨어지거나 승진에 몇 차례 탈락하고 보면, 남보다 늦었다는 생각에 깊은 절망에 빠지곤 한다. 그 심정을 모를 리 있겠는가. 하지만 굳이 까마득한 먼 옛날의 사람들이 아니더라도, 남보다 늦게 성공을 거둔 이들은 얼마든지 있다. 남보다 몇 해 늦는다고 조급해할 필요는 없는 것이다. 인생은 길다. [장유승]

읽던 책을 덮고 탄식하다

심지 돋우며 읽던 책 덮고 탄식하노니
천지 사이에 대장부 하나 없었구나

挑燈輟讀便長吁 天地間無一丈夫

– 최부(崔溥, 1454~1504),
〈송나라 사서를 읽고[讀宋史]〉, 허균(許筠)의 《성소부부고(惺所覆瓿藁)》

조선 전기 문신 최부는 중국 송(宋)나라 역사를 읽고 탄식한다. 송나라는 금(金)나라에 밀려 남쪽으로 천도하여 남송(南宋)이 되었고 결국에는 원(元)나라에게 망했다.

문명의 제국은 강력한 이민족을 당해내지 못했고 악비(岳飛)나 문천상(文天祥) 같은 충신조차 이미 쇠약해진 나라의 운명을 바꿀 수 없었다. 최부는 송나라가 멸망하는 대목에서 나라를 지켜낼 대장부 하나 없었느냐고 울분을 토한다.

비통한 마음으로 읽던 책을 덮으며 탄식한 사람은 최부만이 아니었다. 《사기(史記)》를 쓴 사마천(司馬遷)은 《맹자(孟子)》를 읽다가 양혜왕이 맹자에게 어떻게 하면 우리 나라를 이롭게 할 수 있는지를 묻는 대목을 보고는 책을 덮고 탄식했다. 사마천은 윤리 규범보다 이익을 앞세우는 왕의 모습에 가슴이 답답해졌다.

이들이 과거사에 대한 기록을 보면서 탄식하는 이유는 역사라는 창으로 현재를 바라보기 때문이다. 지나간 일들을 현재와 무관한 이야깃거리로 흘려 넘길 때 우리는 역사로부터 아무것도 배우지 못한 채 그저 '현재'만을 맴돌게 될 것이다.

우리가 배웠던 정의의 기준으로 과거를 판단하고 또 현재를 점검하는 일은 때로는 답답하고 암담한 일이 될 것이다. 최부에게 중화의 상징인 송나라의 멸망은 폭력이 문명을 파괴하는 것처럼 다가왔을 것이고, 사마천에게 이익을 따지는 '군주' 양혜왕의 모습은 인의라는 규범을 도외시하고 이익만을 우선하는 암울한 전망을 떠오르게 했을 테니까.

"학문은 도달하지 못할 것처럼 해야 하고, 잃어버릴까 두려워하는 것처럼 해야 한다[學如不及 猶恐失之]"고 했지만, 절박한 마음을 가져야 하는 건 학문만이 아니다. 우리의 현재와 미래 역시 그냥 주어지는 것이 아니다.

우리도 어떤 점에서는 사마천과 최부와 다를 바 없다. 과거사가 쓰라리게 다가오는 이유는 현재의 문제이기도 해서이다.

모든 문제가 다 해결된 과거사에 깊은 분노를 느낄 사람은 없다. [이은주]

창백한 푸른 점

초명은 모기 눈썹에서 적을 죽이고
만촉은 달팽이 뿔에서 서로 싸우네
하늘 위에서 이 세상을 내려다보면
한 점 티끌 속에서 다투는 격이겠지

蟭螟殺敵蚊巢上 蠻觸交爭蝸角中
應是諸天觀下界 一微塵內鬪英雄

– 백거이(白居易, 772~846),
〈새와 벌레를 읊은 열두 노래[禽蟲十二章]〉, 《백씨장경집(白氏長慶集)》

무한의 시간에 비하면 백 년 인생은 찰나이다. 이 우주의 역사 137억 년을 24시간으로 보면 인류 역사 5000년은 겨우 0.03초에 불과하다고 하니, 백 년 인생이야 눈 깜빡이는 순간(瞬間)보다 훨씬 짧다. 또한 광활한 우주에서 이 지구는 티끌보다 작다. 우주에는 약 1000억 개의 은하가 있고 은하마다 약 1000억 개의 별(항성)이 있다고 하는데, 그 배경의 거대한 암흑 공간은 하나의 은하마저 모래 알갱이처럼 보이게 한다.

그러나 우리는 이 사실을 간과한 채 무수한 상황과 숱한 희비가 교차하는 일상 속에서 치열하게 다투며 살아간다. 이 시는 두 개의 우언(寓

言)을 내세워 이와 같은 인간의 모습을 풍자하고 있다.

1구의 '초명(蟭螟)'은 《포박자(抱朴子)》라는 도교 서적에 등장하는 가상의 생물인데, 모기의 눈썹 위에 집을 짓고 사는 매우 작은 벌레를 일컫는다. 2구의 '만촉(蠻觸)'은 달팽이의 왼쪽 뿔에 있는 촉(觸)이라는 나라와 오른쪽 뿔에 있는 만(蠻)이라는 나라가 영토를 다투느라 전쟁을 벌여 수만의 시체가 즐비하였다는 《장자(莊子)》의 우언이다. 백거이는 늘 서로 죽일 듯 다투는 인간들의 모습이 참으로 하찮고 어리석음을 비유적인 시로 일깨우고 있는 것이다.

보이저 계획에 참여했던 천문학자 칼 세이건은 보이저 1호가 찍을 마지막 사진의 아이디어를 냈다. 그는 나사를 설득해 보이저 1호가 태양계를 벗어나기 직전 해왕성을 지날 때, 카메라가 지구를 향하게 했다. 인터넷에서 쉽게 검색해볼 수 있는 이 사진의 명칭은 '창백한 푸른 점(Pale Blue Dot)'이다. 세이건은 이 사진을 보고 감명을 받아 동명의 책을 저술했고 다음과 같이 소감을 밝혔다.

"지구는 우주라는 광활한 곳에 있는 너무나 작은 무대이다. 승리와 영광이란 이름 아래, 이 작은 점의 극히 일부를 차지하려고 했던 역사 속의 수많은 정복자들이 보여준 피의 역사를 생각해보라. 이 작은 점의 한 모서리에 살던 사람들이, 거의 구분할 수 없는 다른 모서리에 살던 사람들에게 보여주었던 잔혹함을 생각해보라. (……) 우리의 작은 세계를 찍은 이 사진보다, 우리의 오만함을 쉽게 보여주는 것이 존재할까?"

세이건이 '창백한 푸른 점'을 보면서 느낀 소감은 장자나 백거이와 일맥상통한다. 그들은 대상과 상황을 멀리 떨어뜨려 놓고 볼 때, 그에 대한 집착에서 상당히 자유로워질 수 있음을 자각했다. 티끌 같은 시공간에서 우리가 반목과 다툼에 쓰는 에너지가 참으로 소모적임을 일깨워주고 있다. [이국진]

꽃 중의 군자, 연

•

맑은 새벽에 목욕을 마치니
거울 앞에서 몸을 가누지 못하네
천연의 무한한 아름다움이란
아직 단장하기 전에 있구나

清晨纔罷浴 臨鏡力不持
天然無限美 摠在未粧時

– 최해(崔瀣, 1287~1340), 〈연꽃[風荷]〉, 《동문선(東文選)》

•

조선 세조 때의 문인 강희안은 오랜 시간을 들여, 사람들이 키워온 꽃과 나무들에 대한 재배법과 이용법을 《양화소록(養花小錄)》이라는 책 한 권에 담았다. 그는 수많은 꽃과 나무를 화목구등품제(花木九等品第)라고 하여 아홉 등급으로 나누었는데, 그중 매화, 국화, 연꽃, 대나무를 일등으로 꼽았다.

겉으로 드러나는 화려함보다 수수한 듯 질리지 않는 아름다움을 지닌 연꽃은 예로부터 많은 사람들에게 사랑받았다. 고려시대 명문장가 이규보는 "참선하는 마음이 본디 절로 청정함을 알려면 맑고 맑은 가을 연꽃 찬 물결에 솟는 걸 보소[欲識禪心元自淨 秋蓮濯濯出寒波]"라고 하여 연꽃의 때 묻지 않은 아름다움을 노래했고, 조선시대의 서거정 역시 "푸른 그늘 붉은 꽃 향 빗속 더욱 기이하니 하루 종일 보고 보고 또 읊어도 부족하다[綠影紅香雨更奇 盡日看看吟不足]"며 질리지 않는 연꽃의 매력을 칭송했다. 이 시를 지은 최해 역시 연꽃의 아름다움은 '꾸미지 않는 것'에서 나온다고 읊고 있다. 맑은 새벽, 이슬 머금고 한들한들 바람에 흔들리는 수면 위 연꽃에서 시인은 무한한 자연의 아름다움을 맛본 것이다.

중국 송나라의 학자 주돈이(周敦頤)는 연꽃을 매우 사랑하여 〈애련설(愛蓮說)〉을 지었는데, 이 글은 연꽃을 논하는 데 빼놓을 수 없는 명문(名文)으로 널리 회자된다.

"나 주돈이는 연꽃이 진흙에서 나왔으되 물들지 않고, 맑은 잔물결에 씻겼으나 요염하지 않으며, 줄기 속은 통해 있지만 밖은 곧으며, 덩굴지지 않고 가지 뻗지도 않음을 사랑하노라."

주돈이는 연꽃을 사람으로 비유하자면 군자라고 하였다. 왜 하필 군자라고 했을까? 더러운 세속에 몸담고 있을지라도 그 풍조에 물들지 않고, 속마음은 맑고 깨끗하지만 겉을 화려하게 꾸미지 않아야 하며, 속은 텅 비어 욕심 없이 남의 말을 잘 받아들이면서도 줏대 있고 곧아야 하며, 무리 지어 잡다하게 이익을 좇지 않는 덕성을 지녀야 군자라는 말에 부끄럽지 않을 수 있기 때문이리라.

연꽃을 향한 옛 시인들의 숱한 찬사를 읽으며 새삼 오늘날에 연꽃을 닮은 사람을 본 적이 있던가 곰곰 반추해본다. [손유경]

보이는 것과
보이지 않는 것

•

승패가 한 수로 결판날 터인데
승부욕 불타지만 마냥 한가한 듯

勝負固應關一下 機深却似十分閑

– 이숭인(李崇仁, 1347~1392),
〈바둑 두는 것을 구경하며[觀人圍棋]〉, 《도은집(陶隱集)》

•

'본다'는 행위에는 보는 사람의 주관이 개입할 여지가 많다. 바둑을 두는 두 사람을 보고 한가하게 신선놀음하고 있다 생각할 수도 있고, 그들이 바둑에 열중하든 말든 내 일이 아니라 생각할 수도, 단순히 바둑이라는 오락을 즐기고 있다고 생각할 수도 있다. 그런데 한 발짝 더 들어가서 단 한 수로 승패가 결정되는 순간을 보게 되면 어떨까. 어느덧 바둑판에 집중하고 흥분하는 나를 발견할지도 모른다.

보이는 지점과 보이지 않는 지점 사이에 수많은 일들이 애매하게 걸쳐 있다. 우리가 얼개라도 알 수 있었던 일들은 자의든 타의든 관심과 노력을 들인 결과였다. 한 분야에 전문가가 되기 위해서는 1만 시간 동안 꾸준히 연습해야 한다는 말도 있지만, 반대로 생각하면 하나에 집중해 살기도 바쁜 삶 속에서 관심조차 보이지 못하고 흘려보내는 것들이 많을 수밖에 없다. 이제 무수한 분야의 온갖 정보가 난무하는 현대 사회에서 모르는 것은 더 이상 부끄러운 일이 아니다.

그러나 시간이 지날수록 "젊었을 때 고생은 사서도 한다"는 말을 되뇌게 된다. 실패를 거듭하더라도 폭넓게 관심을 두고 많은 일들을 몸소 경험했더라면 삶이 더 풍요로워지고 시야가 훨씬 더 넓어졌을지도 모른다.

계기가 없었기 때문에, 또는 마음을 쓰지 않았기 때문에 우리 눈에 보이지 않았던 것들은 지식만이 아니다. 나를 스쳐 갔던 사람들이나 나를 감싸는 인간관계도 비슷한 모습일 것이다. 그 상황에 처해 있던 적이 없어 미처 헤아리지 못했던 일도 있었고, 호의를 베풀까 망설이다가 귀찮아서 또는 시기를 놓쳐서 그냥 넘긴 일들도 있다. 일이 바빠서 주변을 돌볼 틈이 없었고 그렇게 스쳐 지나간 사람들도 많을 것이다.

어쩌다가 바둑을 두는 모습을 한가하다고 여기게 되었을까. 생각해 보면 바둑 역시 치열한 승부의 장이지만, 아무런 관심 없이 바라볼 때 바둑을 두는 두 사람의 모습은 조용하고 한가하기만 하다. 사람과 사람 사이의 관계도 그럴지 모른다. 먼 곳에서 볼 때 타인은 나와 무관하면서도 지극히 단순한 모습으로 머물러 있다. 하지만 다가가서 자세히 살펴보면 복잡다단한 상황 속에서 다양한 감정을 표출하고 여러 고민을 가지고 있는 '또 다른 나'이다.

분명히 있을 그 모습을 새삼스럽게 발견했다면 좀 더 가까이 다가가서 응시했기 때문이다. [이은주]

잃어버린 동심을 찾아서

어린아이 울음소리는 자연의 소리
관악기나 현악기 소리보다 낫네
小兒啼眞天籟 勝他吹的彈的

– 이언진(李彦瑱, 1740~1766), 〈호동거실(衚衕居室)〉,
《송목관신여고(松穆舘燼餘稿)》

동심(童心)의 유통기한은 언제까지일까? 이를 판단하는 기준은 여러 가지가 있겠지만, 속마음과 겉모습이 서로 다른 모순된 상태가 늘어나면서부터 동심은 상대적으로 줄어드는 것이 아닐까 생각한다.

인간은 사회적 규범, 타인에 대한 배려, 책임감 등을 배우고 인식하며 성장한다. 이는 자립심을 지닌 성숙한 자아가 되기 위해, 나아가서 조화로운 사회 구성원이 되기 위해 반드시 필요한 과정이다.

그러나 인간은 이 과정에서 내 감정에 솔직하지 못한 정서적 자기 검열에 익숙해진다. 그러다 보니 어떤 사람들은 항상 내 욕구에 충실하기보다 타인의 욕구와 평가를 의식하며 전전긍긍한다. 이들은 속이 상하고 기분이 나쁠 때에도 그것을 있는 그대로 표현하지 못해 남모르게 애를 태운다. 반면에 어떤 사람들은 위선적인 행동으로 자신을 잘 포장하며 부당한 이득을 취하기도 한다.

이러한 모습에 비하면 울고 싶을 때 울고 웃고 싶을 때 웃는 어린아이의 천진난만은 참으로 아름다운 모습이다. 이 시에서 이언진이 어린아이 울음소리의 순수함과 진실함에 주목한 이유는 바로 여기에 있다.

이언진은 역관이라는 미천한 신분 때문에 자신이 지닌 천재성을 발휘하지 못하고 몸과 마음의 병을 앓다가 요절한 시인이다. 그는 신분 차별의 타파와 인간의 자유와 평등을 부르짖은 조선 후기의 이단아였다.

이언진은 유교에 정면으로 맞선 중국의 반항적 사상가 이탁오(李卓吾)로부터 많은 영향을 받았는데, 이탁오의 핵심 사상이 바로 동심설(童心說)이었다. 이탁오는 동심이 바로 진실한 마음이며, 사람들이 도리와 견문이 쌓이고 아는 바와 느끼는 바가 많아지고 점차 명성과 평판을 의식하면서부터 동심을 잃게 된다고 주장했다. 따라서 이언진이 동심을 예찬한 이면에는 위선과 허위로 가득 찬 당시 양반 지배층에 대한 비판이 자리하고 있다.

하지만 굳이 이언진이나 이탁오처럼 사회 비판적인 의식을 지니고 있지 않더라도, 우리는 이 시에 충분히 공감할 수 있다. 우리는 가끔씩 어린아이의 천진한 행동을 보고, 나의 위선과 허위를 들킨 듯해 부끄러움을 느낄 때가 있다. 또 한편으로는 타의와 규율과 관습에서 자유로운 어린아이의 천진난만이 마냥 부러울 때도 있다.

이 점에서 어린아이의 울음소리는 나의 잃어버린 동심을 일깨우는 성찰의 소리이며, 그 어떤 소리보다 시원하고 통쾌한 자연의 소리라고 할 수 있다. [이국진]

향기를 채우는 삶

•

겉으로는 그저 보잘것없는 물건이지만
그 안에는 맑고 산뜻한 향기가 있지

外面自是等閑物 中心別有淸新馥

- 조수삼(趙秀三, 1762~1849), 〈국화베개[菊枕]〉, 《추재시고(秋齋詩稿)》

•

내 인생을 채우고 있는 것은 과연 무엇일까? 나는 타인에게 어떠한 사람으로 비칠까? 자신의 성향이 딱히 관계 지향적이 아니더라도 한번쯤 스스로에게 물었을 것이다. 반대로 우리는 또 묻기 시작한다. 저 사람은 어떤 사람일까? 과연 보이는 모습 그대로일까?

어떤 사람에 대해 제대로 '알기' 위해서는 결국 내면을 유심히 들여다봐야 한다는 것쯤은 어렴풋이 알고 있다. 그럼에도 이는 참으로 어렵다. 관찰력이 부족하다기보다는 시간과 연습 그리고 정성이 부족하기 때문이다.

나지막한 산 아래에 집 한 칸 엮어놓은 촌 노인이 정성스레 국화를 가꾼다. 봄철에 심었으니 분명 가을에는 황금빛으로 보답하리라는 기대 속에서 소일한다. 노랗게 핀 국화꽃은 기력이 쇠잔해진 노인의 오감을 깨우고, 노인은 떨어진 국화 꽃잎 하나하나를 말린다.

넉넉지 못한 살림에 비단으로 베갯잇을 마를 수는 없었다. 무명 베갯잇 속에 국화 꽃잎을 채워 넣었는데 겉에서 보면 그저 초라하기 짝이 없는 베개이다. 하지만 그 맑은 향기가 온 방 안을 채운다.

조선 후기에 중인(中人)으로 살다 간 추재(秋齋) 조수삼. 그의 삶이야말로 겉은 하잘것없는 무명이지만 속은 향기로 채운 국화 베개 같았다.

이른바 '물질의 시대'인 오늘날에는 거친 무명 안에 향기를 채울 시간도 의지도 없다. 차라리 거친 베개에 수를 놓아 화려하게 꾸밀지언정 베개 안에 공들여 향기를 채우려 하지 않는다. '정신'은 없고 '물질'만 난무한다는 느낌을 지울 수가 없다.

각자의 삶에 자신의 향기를 채워 그 가치를 발견하려면, 추재 노인이 그러했듯 기다림과 정성이 필요하다. 다른 이가 지닌 향기를 알아봐 줄 수 있는 능력도 그 여유에서 출발하지 않을까. [김영죽]

김홍도, 〈심계선학〉

2부

이제 일어나 앉으니
아침 새소리 꾸짖는다

대나무를 사랑한 이유

•

나란히 서서 빌붙을 생각 없으나
구름을 찌르고도 남으리라

竝立心無附 干雲事尙賖

– 박은(朴誾, 1479~1504),
〈용재 이행에게 쌍죽분을 보내며[以雙竹盆寄容齋]〉, 《읍취헌유고(挹翠軒遺稿)》

•

사군자는 매화, 난초, 국화, 대나무의 네 가지 식물을 합하여 부르는 말이다. 이 넷은 예로부터 지덕(知德)을 갖춘 군자의 상징물로 일컬어지면서 많은 사람들에게 사랑을 받았다. 매란국죽을 사계절과 연관지으면, 봄은 매화, 여름은 난초, 가을은 국화, 겨울은 대나무다. 특히 대나무는 한겨울을 견뎌내는 강인함 때문에 군자를 비유하곤 했다.

차군(此君). 번역하면 이 사람, 이 친구 정도쯤 되겠다. 그런데 이 '차군'은 대나무의 별명이기도 하다. 상대방을 가리킬 때 일상적으로 쓰는 표현인 '이 사람'이 대나무의 별명이라니 다소 의아하지만, 중국 동진(東晋)의 서예가 왕휘지(王徽之)의 대나무 사랑담을 듣고 나면 이해가 간다. 왕휘지가 잠시 머물다가 떠날 집에 대나무를 심자 주위 사람들은 곧 떠날 곳에 왜 이런 공을 들이는지 이상하게 생각했다. 그러자 왕휘지가 "어찌 하루라도 이 사람 없이 살 수 있겠는가?"라고 했다는 데에서 '차군'이라는 대나무의 별명이 탄생한 것이다. 식물인 대나무가 '사람[君]' 대접을 받은 데에는 대나무의 고결한 속성이 한몫했다.

당나라의 문인 백거이는 〈대나무 기르기에 관한 글[養竹記]〉을 지었다. 이 글에는 대나무의 특성이 네 가지로 요약되어 있다. 견고한 뿌리[竹本固], 곧은 성질[竹性直], 텅 빈 속[竹心空], 곧은 마디[竹節貞]이다. 백거이는 대나무의 이 네 가지 특성이 어진 사람들의 특징과 매우 유사함을 강조했다. 옛사람들에게 대나무는 흔들리지 않는 지조, 치우치지 않는 공정함, 고집스럽지 않은 여유, 어떤 상황에서도 한결같은 평정심을 가르치는 좋은 스승이자 벗이었던 셈이다.

바른말을 잘하고 징계를 두려워하지 않던 시인 박은은 하필이면 바른말하는 신하를 매우 싫어했다는 임금, 연산군의 신하였다. 결국 연산군의 미움을 받아 스물여섯의 젊은 나이에 죽음을 당했다. 연산군은 박은이 죽은 후에도 그 분노를 삭이지 못해 그의 친구들을 모두 찾아내 곤장 백 대를 쳐서 분풀이를 하였는데, 그때 제일 먼저 끌려 나온 친구가 바로 이 시와 함께 대나무를 선물받은 용재(容齋) 이행(李荇)이다.

박은과 이행은 한 살 차이로 한 동네에서 나고 자랐다. 그렇기에 이행은 박은이 죽은 후 몹시 슬퍼하여 친구가 남긴 글씨 앞에서 "낡은 종이엔 아직 먹 자국 짙게 배었건만 청산 어디에도 그대 혼 부를 곳 없다[古紙淋漓寶墨痕 靑山無處可招魂]"며 절절히 그리워하였다. 또한 이행은 박은이 남긴 시들을 모아서 시집을 만들었는데, 그 속에 박은과 이행의 교유 내용이 무려 여든두 번이나 나온다. 그야말로 마음으로 사귄 친구이다.

시인은 절친한 벗에게 한 쌍의 어린 대나무를 보내며 '상하지 않도록 잘 보살펴달라'고 부탁했다. 아직 어려서 강하지는 못하지만, 나란히 곧은 모습을 유지하는 쌍죽의 모습에서 시인은 자신과 자신의 친구가 가야 할 길을 찾았던 듯하다. 세상만사 뜻대로 되는 것 하나 없어 목숨을 부지하기조차 쉽지 않지만, 그래도 곧은 대나무를 사랑했던 선배들처럼 자신들도 그렇게 살기를 소망했던 것이다. [손유경]

소리에 놀라지 않는 저 산처럼

천 석들이 저 큰 종을 보게나
세게 치지 않으면 소리 나지 않는다네
어떻게 하면 지리산처럼
하늘이 울려도 울지 않을까

請看千石鍾 非大扣無聲
爭似頭流山 天鳴猶不鳴

– 남명(南冥) 조식(曺植, 1501~1572),
〈덕산 개울의 정자 기둥에 적다[題德山溪亭柱]〉, 《남명집(南冥集)》

자존감이 높은 사람은 실패나 비판 또는 성공과 칭찬에 크게 동요하지 않는다. 그런 사람에게는 사회적 억압이나 타인의 시선에 개의치 않고 스스로 선택하는 힘이 느껴진다. 반면에 자존감이 낮은 사람은 실패나 비판을 겪으면 가혹하게 자책하고, 선택을 앞두고 남의 눈치를 많이 본다. 아니면 반대로 지나치게 오만하게 굴며 남 위에 군림하려고 든다. 이런 점에서 인격의 완성을 위한 최고의 덕목은 건강한 자존감의 확립이라고 할 수 있다.

건강한 자존감의 확립을 위해서는 성장 과정이 중요하다고 한다. 성장 과정에서 충분한 인정과 지지를 받지 못하거나 욕구를 지나치게 억압당하면 자존감이 낮아진다. 자존감이 낮은 사람과 가까이 있으면서 그 패턴을 무의식적으로 학습하게 되는 것도 좋지 않은 영향을 미친다. 아울러 급속한 물질적 발전과 부의 불평등, 무한 경쟁을 당연시하는 교육 및 회사의 시스템, 감각적 유혹과 자극적 설정을 부추기는 매체 등은 사회적으로 개인의 자존감을 훼손하는 주요 요인이 된다.

이와 같은 복합적인 요인이 얽히고설켜 오늘날 많은 현대인들이 낮은 자존감에 힘들어 한다. 우리는 모두 갓난아이일 때 간신히 벽을 잡고 일어서는 것만으로도, 작은 옹알이를 하는 것만으로도 가족에게 감격과 기쁨을 안겨주던 존재였다. 그러나 비교·경쟁·평가라는 보이지 않는 그물 속에서 생활하는 사이에 어느 순간 내가 나 자신을 못마땅하게 여기게 되었다.

동양의 선현들은 자존감의 확립을 무엇보다 중요시하고 이를 가르쳤다. 석가가 태어나면서 외쳤다고 하는 '천상천하 유아독존'은 '나'가 과거 현재 미래에 걸쳐 더없이 존엄한 존재임을 일깨운다.

서른 살에 본인이 주체적 자아로 독립했음을 자각한 공자가 "남이 알아주지 않더라도 성내지 않는다면 또한 군자가 아니겠는가?"라고 한 말이나 노자가 "총애를 받거나 수모를 당하거나 모두 깜짝 놀란 듯이 하라"고 한 말은 모두 굳건한 자존감의 발로이다.

선현들은 남이 나에게 가하거나 내가 나에게 저지르는 비교·경쟁·평가의 억압에서 벗어나, 너 자신이 본래 지니고 있는 주체성과 대자유를 되찾으라고 격려하고 있다.

고개를 들어 둘러보면 어디에나 산이 있다. 그 산들은 크든 작든, 숲이 우거지든 바위가 많든, 사람들이 많이 찾아오건 그렇지 않건, 눈보라에 휩싸이거나 천둥 번개가 치더라도 꿋꿋하고 의젓하게 제자리를 지키고 있다. 그냥 있는 그대로 그렇게 서 있다. [이국진]

눈 위에서는 어지러이 걷지 말라

•

눈을 밟고 들판을 걸어갈 적엔
모름지기 어지러이 걷지 말라
오늘 아침 내가 남긴 발자국이
마침내 뒷사람의 길이 되리니

穿雪野中去 不須胡亂行
今朝我行跡 遂爲後人程

– 이양연(李亮淵, 1771~1853), 〈들판에 내린 눈[野雪]〉, 《임연당별집(臨淵堂別集)》

•

생전에 백범 김구 선생은 어려운 결단의 시기를 맞닥뜨릴 때마다 이 시를 떠올리며, 자신의 족적에 부끄러움이 없고자 다짐하였다. 오래전부터 구전되어온 이 시는 백범 또는 서산대사의 작품으로 알려져왔다.

하지만 여러 문헌들을 종합해볼 때 산운(山雲) 이양연이 원래 저자라는 것이 정설이다. 산운은 평생토록 변변한 관직 없이 지냈으나, 뛰어난 시재(詩才)로 농민의 참상을 아파하는 민요시를 많이 남긴 인물로 알려져 있다.

그가 남긴 시 〈야설(野雪)〉을 읽다 보면 선사(禪師)와 독립투사의 작품으로 와전된 이유가 금세 짐작이 가기도 한다. 여기 아무도 가지 않은 눈밭의 길이 있다. 추위와 눈보라가 몰아쳐서 앞으로 나아가기는커녕 몸을 지탱하기도 힘들다. 하지만 가야 하는 길이다. 아직 아무도 지나가지 않은 길. 한 걸음 한 걸음 내가 가는 대로 고스란히 발자국이 남는다.

"오늘 아침 내가 남긴 발자국이 마침내 뒷사람의 길이 되리니." 내가 걷는 대로 그 흔적은 다음 사람이 따라올 길이 될 것이다. 그러니 눈보라가 몰아쳐도 곧게 가야 할 길이다. 선사에게는 선(禪)으로 가는 길, 독립투사에게는 조국의 광복일 수도 있겠다.

어디까지 갈 수 있는지는 모른다. 하지만 가는 동안은 성실하게 그 길을 가야 한다. 어쩌면 다시 내리는 눈이 내가 지나온, 내가 살았던 흔적마저 지울 수 있다. 그러나 혹시라도 내 뒤를 따를 그 어떤 사람을 위해 흐트러짐 없이 가야 한다.

아무리 확신에 차서 걷는다 해도, 결과적으로 내가 제대로 걷지 못해 잘못된 방향으로 간다면 나의 발자국이 누군가를 엉뚱한 곳으로 인도할 수 있다. 그릇된 신념은 신념이 없는 것만 못할 때가 있다.

등반 용어에 '러셀(russell)'이란 말이 있다. 눈이 많이 쌓였을 때 선두가 눈을 굳게 다져 뒤따르는 사람의 진행을 쉽게 하는 것이다. 뒷사람은 그만큼 체력을 비축할 수 있고, 편히 전진할 수 있다. 그만큼 앞서 가는 사람은 힘들다. 그러나 오직 나의 판단에 따라 내 길을 개척하는 것만큼 매력적인 일도 없다. 가보지 않은 길이라 위험천만하기도 하지만 그만큼 매혹적이다. 한 번뿐인 인생, 나대로 내 뜻대로 길을 내야 할 기회와 마주할 때 이양연의 〈야설〉을 읊어보면 어떨까.

무엇보다 이 시의 화자는 나보다는 내 뒤를 이을 사람들을 걱정하고 있다. 그렇게 대의 앞에 마주서면 자신의 고난 정도는 무색해지나 보다. 그 길이 남들도 따라서 밟아볼 만큼 가치가 있다면 내가 가는 그 길이 고난의 길이라도 갈 만한 길일 것이다. [박동욱]

호박에 줄 긋는다고 수박 되나

서시 본래 아름다워 찡그려도 고왔으나
네 얼굴은 찡그려도 본 얼굴만 못하도다

西施本好顰亦好 汝顰不若守天眞

– 정약용(丁若鏞, 1762~1836),
〈동시의 찡그린 얼굴 그림에 쓰다[題東施效顰圖]〉, 《여유당전서(與猶堂全書)》

침어낙안(沈魚落雁) 폐월수화(閉月羞花)는 중국 4대 미녀에서 유래한 말이다. 중국 4대 미인은 서시(西施), 왕소군(王昭君), 초선(貂蟬), 양귀비(楊貴妃)인데 침어낙안 패월수화에 대응되는 각각의 이야기가 재미있다. 미인에게 홀려 물고기가 헤엄치는 것을 잊고 가라앉았다는 침어 서시, 기러기가 날갯짓을 잊어 땅에 떨어졌다는 낙안 왕소군, 달이 구름 사이로 숨어버렸다는 폐월 초선, 꽃이 부끄러워 꽃잎을 말아 올렸다는 수화 양귀비의 이야기가 각각 짝을 이루어 중국의 대표 미인 네 명의 미색(美色)을 한층 실감나게 전한다.

이들 중 서시는 중국 춘추시대 월(越)나라 사람이다. 적국 오(吳)나라의 임금이 정사를 게을리하도록 만들어 결국 오나라를 멸망시켰을 정도로 미인이었다고 한다. 서시에게는 어려서부터 가슴에 통증이 있었는데, 이 때문에 항상 가슴에 손을 얹고 미간을 찌푸리고 다녔다. 그 찡그리는 모습 또한 매력적이었으니 뭇 남성들이 그녀의 찡그린 모습을 보기 위해 뒤를 졸졸 따라다닐 지경이었다. 이 광경을 본 동네의 이름난 추녀 동시(東施)는 자기도 미간을 찌푸리면 인기를 얻을까 싶었다. 그래서 아무런 병이 없는데도 일부러 서시처럼 인상을 쓰고 돌아다니자 그 모습에 속이 뒤틀린 동네 사람들이 문을 닫고 나오지 않았으며 심지어는 이사를 가버린 이도 있었다고 한다. 찡그린 얼굴을 본받는다는 효빈(效顰)이라는 고사성어가 탄생한 배경이다.

서시와 동시의 이야기는 무분별하게 남을 좇는 사람들에게 경종을 울린다. 정약용은 동시의 찡그린 얼굴 그림[東施效嚬圖]에 이 시를 적으면서 중국을 무턱대고 따라 하는 습성을 벗고 주체성을 가진 조선인이 많아지기를 꿈꿨다.

찡그린 얼굴을 따라 한 동시까지는 아닐지라도 오늘날 많은 사람들이 남의 시선을 의식해서 보기에 그럴듯한 것, 화려한 것에 열광하며, 멋진 것을 보면 그대로 따라 하는 데 온 정성을 쏟고 있다. 겉모습을 흉내 내는 데 골몰한 나머지 내면을 갈고 닦아 자신만의 고유한 색채를 내려는 노력은 뒷전으로 밀려나고 있다.

조선 중기를 대표하는 유학자 율곡 이이는《격몽요결(擊蒙要訣)》이라는 책에서 공부에 뜻을 둔 사람은 많은데 실제로 결실을 맺는 사람은 적은 원인에 대해 이야기한 바 있다. 그리고 '유행을 맹목적으로 추종'하는 습관을 그 원인 중 하나로 짚었다. 자기와 같은 사람만 좋아하고 자기와 조금만 달라도 비난하는 분위기가 형성되니, 혹시 남들에게 미움을 살까 봐 남과 같아지려고 노력하게 되고, 결국 세상의 유행에 휩쓸리게 된다는 것이다.

동시의 효빈. 이것은 비단 개인에 국한되는 이야기가 아니다. 외국의 경영 기법을 맹목적으로 따르기에 혈안이 된 기업이나, 신교육 이론의 무조건적인 도입에 열을 올리는 교육계 역시 염두에 둘 필요가 있다. [손유경]

한 걸음의 노력

•

전진하는 효과를 알고 싶다면
계단으로 누각을 오르듯 하라
한 층 또 한 층 오르다 보면
제일 꼭대기에 올라 있으리

若知前進效 階級若登樓
一層復一層 身登第一頭

– 정인홍(鄭仁弘, 1535~1623), 〈하군에게[寄河君]〉, 《내암집(來庵集)》

•

사람은 모두 자기 나름의 생각과 기호가 있다. 그것이 점차 굳어지면 가치관과 세계관을 형성한다. 굳어진 가치관과 세계관은 어지간히 충격적인 경험과 절실한 깨달음이 아니고서는 쉽게 바뀌지 않는다. 얕은 경험과 좁은 소견만 믿고서 고집을 부리며 편견에 사로잡혀 좀처럼 생각을 바꾸려 하지 않는다.

사람이 나이가 들수록 완고한 성격으로 변하기 쉬운 것은 이 때문이다. 한두 마디 말로 사람의 생각을 바꿀 수 있다고 여긴다면 큰 착각이다. 사람은 쉽게 변하지 않는다. 오랜 습관으로 형성된 사람의 성격이

하루아침에 바뀔 리 만무하다.

남을 바꾸는 것도 어렵지만, 나를 바꾸는 것도 어렵기는 마찬가지다. 지금의 내 모습이 마음에 들지 않아 온갖 노력을 기울여 바꾸려 해도, 곧 원래의 모습으로 돌아오곤 한다. 나라는 존재는 수십 년이라는 긴 시간 동안의 행위가 켜켜이 쌓여 만들어졌기 때문이다.

내가 살아온 하루하루가 나를 만들었듯, 앞으로 살아갈 하루하루는 나를 바꿀 수 있다. 사람의 인생도, 국가의 역사도 결국은 하루의 집합이다. 인생을 바꾸는 것도 역사를 바꾸는 것도 오늘 하루의 노력뿐이다. 하루하루 우직하게 한 걸음씩 옮긴다면 바꾸지 못할 것은 없다.

아무리 어려운 일이라도 오랜 시간에 걸쳐 조금씩 나누어 하면 수월하다. 반면 아무리 수월한 일이라도 하루도 거르지 않고 계속한다는 것은 어려운 일이다. 멈추지 않고 한 걸음 한 걸음을 옮기는 노력이야말로 변화를 이루는 가장 쉽고 확실한 방법이다.

의식적인 노력이 오랜 시간 동안 꾸준히 지속될 때, 어느새 지금과는 다른 자리에 서 있는 자신을 발견하게 될 것이다. [장유승]

인생을 낭비한 죄

얼마나 많은 시간을 헛되이 보냈나
후회가 산처럼 쌓여 이 마음을 얽어매네

悠悠虛送幾光陰 悔吝如山累此心

- 조석윤(趙錫胤, 1606~1655), 〈봄의 소원[春祝]〉, 《낙정집(樂靜集)》

프랑스 파리의 금고털이 앙리 샤리에르는 살인 누명을 뒤집어쓰고 무기징역을 선고받아 감옥에 갇힌다. 꿈에서 재판관을 만난 그는 다시 한 번 결백을 주장한다. 재판관은 그의 결백을 인정하면서도 유죄를 선고한다. 죄목이 뭐냐고 따지는 앙리에게 재판관은 이렇게 말한다.

"너의 죄는 인간이 저지를 수 있는 가장 큰 죄다. 그것은 인생을 낭비한 죄다."

할 말을 잃은 앙리는 잠시 후 고개를 끄덕이며 유죄를 인정하고 돌아선다. 영화 〈빠삐용〉의 한 장면이다.

인생을 낭비한 죄에 대해서 결백을 주장할 수 있는 사람이 얼마나 될까. 앙리처럼 젊은 시절을 방탕하게 흘려보낸 사람은 물론, 나름 열심히 살았다고 자부하는 사람도, 남들이 부러워하는 성공을 거머쥔 사람도, 지난 인생을 돌아보면 후회가 없을 수 없다.

조석윤은 23세의 젊은 나이로 문과에 급제하였다. 장래가 촉망되는 신진 관료에게만 주어지는 사가독서(賜暇讀書)의 특전도 누렸다. 요직 중의 요직인 이조정랑을 거쳐 지금의 청와대 비서관에 해당하는 승정원 승지를 역임하였다. 남부러울 것 없는 젊은 시절을 보냈으니 지난 인생에 대한 후회 따위 없을 것 같은데, 허송세월한 시간에 대한 후회가 산처럼 쌓여 마음을 얽맨다고 하였다.

지난 인생에 대한 후회는 누구도 피할 수 없는 법이다. 누군가 말했다. 인생은 두루마리 휴지와 같아서 뒤로 갈수록 빨리 풀린다고. 처음에는 이 많은 걸 언제 다 쓰나 싶지만, 일단 중간을 넘어서면 끝까지 가는 건 순식간이다.

두루마리 휴지는 새로 갈아 끼우면 그만이지만, 인생은 단 한 번뿐이다. 계속 후회에 얽매여 있을 수는 없다. 지금도 시간의 두루마리는 빠른 속도로 끝을 향해 가고 있다. [장유승]

내 나이 마흔에는

인생 마흔이면 늙은 것도 아닌데
내사 근심 많아 흰머리 드리웠네
물가 한 쌍의 백로는 어인 까닭에
근심 없이 머리까지 희게 세었나

人生四十未全衰 我爲愁多白髮垂
何故水邊雙白鷺 無愁頭上也垂絲

– 백거이(白居易, 772~846), 〈백로(白鷺)〉, 《백거이시집(白居易詩集)》

나이를 순식간에 먹는다고 말들 한다. 어렸을 때는 삶이 지루하다고 느꼈는데, 어느 순간 정신을 차릴 수 없을 정도로 빨리 나이를 먹어간다. 유·소년기는 주체적인 삶이 아니라 양육받는 삶이니 '진정한 나'라 하기에는 어렵다. 이십 대는 무엇 하나 이루지 못하고 끝 모를 방황과 끊임없는 시행착오 속에 흘려보낸다. 그러다 어느덧 서른이 된다.

서른이 되면 사회적으로 요구받는 것이 점점 많아진다. 감당할 준비는 되지 않았는데 감당할 수 없는 무게를 짊어져야 하기에 무서운 공포를 느끼는 나이이다. 그래서 유독 서른에 관련된 노래와 책들이 많다.

어느덧 마흔이 되어버렸다. 자신의 한계와 성취가 명확한 나이이다. 극적으로 삶이 변화할 가능성이 없는 나이이기도 하다. 꿈도 이상도 먼 기억 속의 일이 되어버린 지 오래이다. 예전과 같지 않은 몸과 정신은 현실을 타개하기보다 현실을 지탱하기에 익숙해져버린다.

위에선 내리누르고 아래에서는 말을 듣지 않는다. 사회에서 용도 폐기될 위기에 빠지기도 하고 가정에서는 아이들과 점점 말이 통하지 않게 된다. 불혹(不惑), 세상일에 더 이상 미혹됨이 없는 나이라지만 그래도 여전히 헷갈리는 일투성이다.

유비가 나이 쉰을 얼마 안 남겨놓고 자신의 살찐 넓적다리를 탄식했다는 비육지탄(髀肉之嘆)이라는 고사가 있다. 당시 위나라의 조조와 오나라의 손권은 확고하게 자신의 기반을 다져가고 있었다. 유비는 유표 아래에 있는 초라한 처지였다. 비육지탄의 탄식이 예사롭지 않은 것은 그 나이가 생각보다 일찍 온다는 사실 때문이다.

공자는 "나이 사오십이 되어도 세상에 이름이 나지 않는다면 그런 자는 두려워할 것이 못 된다[四十五十而無聞焉 斯亦不足畏也已]"라 했다. 그 나이에 나는 두려워할 만한 사람인가, 그렇지 않은가 되묻게 된다. 대기만성(大器晩成)이란 말에 기대고 싶지만, 그것은 모두에게 통용되는 말이 아니다. 지금껏 보여준 것이 없었다면 앞으로도 보여줄 것이 없을지도 모른다.

그렇다고 나이 마흔에 부정적인 일만 있는 것은 아니다. 감정적이거나 정서적으로 안정이 찾아오며, 차츰 경제력을 갖추는 나이이다. 조직이든 집안이든 어른의 위치로 한 발자국 더 나아가는 나이이기도 하다. 그동안 많이 흔들렸다면, 아직 흔들리기는 하지만 조금씩 진동이 잦아드는 때이다.

이 시는 착상이 절묘하다. 애꿎은 백로의 하얀 머리를 들먹이지만 사실은 벌써 초로(初老)에 들어선 자신에 대한 연민을 담은 시다. 이제는 백세시대에 접어들었다. 예전의 마흔과 지금의 마흔은 다르다. 아직 인생의 절반도 살지 않았다고 볼 수 있으니 그것이 위안이라면 위안이다. 지금까지 해왔던 실패를 다시는 반복하지 않고, 후배나 제자에게 교훈을 줄 수 있는 그런 나이가 가까워진 것이다. [박동욱]

시간 레시피

젊은 날 다시는 돌아오지 않고
하루에 새벽 두 번 오기 어렵네

盛年不重來 一日難再晨

– 도잠(陶潛, 365~427), 〈잡시(雜詩)〉, 《도연명집(陶淵明集)》

시간을 아껴라. 귀에 익숙한 충고다. 하지만 시간도 있어야 아끼지, 요즘 사람들은 절약할 시간 자체가 없는 듯하다. '잘 시간'도 없고, '먹을 시간'도 없고, 심지어는 '아플 시간'도 없다는 사람이 많다.

성시흡 감독의 〈플랜맨〉이라는 영화가 있다. 영화에는 시간에 맞춰 일과를 계획하고, 그 계획이 틀어질까 봐 전전긍긍하는 젊은 남자가 주인공으로 등장한다. 6시 기상, 6시 35분 샤워, 8시 옷 입기, 8시 30분 출근, 8시 42분 횡단보도 건너기……. 이런 식이다. 영화 속 플랜맨은 현대인 중에서도 시간 강박이 심한 편이라고 볼 수 있다.

하지만 시간에 쫓겨서 샌드위치로 점심을 때우고, 새벽 2시까지 야근을 하며, 웬만한 치통쯤은 진통제로 버티는 사람을 주위에서 찾기는 어렵지 않다. 이들은 짧은 시간도 헛되이 보내면 안 된다는 생각에 하루를 분 단위로 쪼개어 산다. 데일리 타임 테이블(Daily Time Table)이 젊은이들 사이에서 선풍적인 인기를 누리고 있는 것을 보면 계획성 있게, 알차게 살아야 한다는 것이 현대인들에게는 일종의 강박이 된 듯싶다.

하지만 과연 이렇게 '바쁘게' 사는 것이 시간을 잘 쓰는 삶인지는 생각해볼 필요가 있다. '일'의 반대말을 굳이 찾으라고 한다면 '휴식'을 생각할 것이다. 하지만 시간을 현명하게 쓰는 데에는 '일'과 '휴식' 간의 우열을 따질 수 없다. 열심히 일하는 것 못지않게 충분히 쉬는 것도 중요하기 때문이다. 하지만 현대인들은 일하는 방법에 대해서는 제각기 노하우를 축적하려고 하면서도 잘 쉬는 방법에 대해서는 상대적으로 관심이 적다.

사실 '열심히 일하기'의 반대말은 '열심히 놀기(쉬기)'가 아니다. '열심히 일하기'와 '열심히 놀기'는 한편이며, 이들의 반대편에는 공통적으로 '대충 대강', '시간 때우기', '시간 죽이기' 같은 것들이 놓여 있음을 알아야 한다.

당나라 시인 이백은 〈봄날 밤 복숭아꽃 오얏꽃 핀 정원에서 잔치하며[春夜宴桃李園序]〉라는 글에서 "떠도는 인생이 꿈과 같으니 기쁨이 얼마나 되겠는가? 옛사람들이 촛불을 들고 밤까지 논 데는 참으로 이유가 있었구나"라고 하였다. 옛사람들은 잘 노는 것 역시 치열하게 사는 방법임을 알고 있었던 것이다.

다시 돌아오지 않는 시간 속에서 우리는 얼마나 치열하게 살고 있는지 한번 돌아볼 일이다. [손유경]

49년의 잘못

안다면 잘못 없애야 진정 약이 되니
그저 알기만 하면 어찌 안다고 하리오

知能去病眞爲藥 徒爾知之曷謂知

– 윤봉구(尹鳳九, 1681~1767), 〈잘못을 알다[知非]〉, 《병계집(屛溪集)》

거백옥(蘧伯玉)은 중국 춘추시대 위(衛)나라의 대부(大夫)이다. 그는 50세가 되어서야 지난 49년의 인생을 잘못 살았다는 사실을 깨닫고, 각고의 노력을 통해 새로 거듭났다. 결국 그는 공자(孔子)의 존경을 받을 정도의 인격을 갖추게 되었다.

50세가 되어서야 49년의 잘못을 깨달은 거백옥의 이야기는 조선시대 문인들에게도 널리 알려져, 이들은 50세가 되면 으레 지난 49년의 인생을 돌아보는 시를 지었다. 이 시 역시 윤봉구가 50세 되던 해 지은 것이다.

50세면 살아온 날이 살아갈 날보다 많은 이른바 '꺾인 인생'이다. 변화보다는 안정을, 도전 대신 타협을 택하기 마련이다. 지난 49년간의 인생을 송두리째 부정하느니 차라리 그대로 살다가 죽는 게 낫다고 생각할 것이다.

사람은 좀처럼 자신의 잘못을 인정하려 하지 않는 법이다. 설령 잘못을 인정하더라도 달라지기는 쉽지 않다. 잘못을 아는 것과 잘못을 고치는 것은 엄연히 다르기 때문이다.

'지행합일(知行合一)'이라는 말이 있다. 앎[知]과 실천[行]이 하나가 되어야 한다는 뜻이다. 앎보다 실천이 중요하다는 뜻으로 이해되곤 하지만, 왕양명(王陽明)이 '지행합일'을 말한 뜻은 그것이 아니다.

알면서 실천하지 않는 이유는 무엇일까? 게을러서, 귀찮아서, 방법을 몰라서, 소용이 없어서, 여러 가지 이유를 댈 수 있겠지만 어느 것도 정답이 아니다. 알면서 실천하지 않는 이유는 '제대로 알지 못하기 때문'이다.

건강이 제일인 줄 알면서 왜 술과 담배를 끊지 못하는가? 의지가 약하고 노력이 부족해서가 아니다. 건강이 제일이라는 사실을 제대로 알지 못하기 때문이다. 건강이 제일이라는 사실을 피상적인 관념으로서 알고 있는 사람과, 죽음의 문턱을 한 번 넘나든 사람이 알고 있는 '건강이 제일'은 결코 같을 수가 없다.

제대로 알면 실천은 저절로 따르는 법이니, 실천이 따르지 않는 앎은 진정한 앎이 아니라는 것이 왕양명의 주장이다.

알면서 실천하지 못하고 있는가? 그건 앎이 절실하지 않기 때문이다. 앎이 절실하면 실천은 저절로 따른다. [장유승]

몸이 날아올라 용이 되리라

몇 자 안 되는 어린 대나무지만
구름도 넘어설 뜻을 이미 지녔네
몸을 솟구쳐 용이 되어 날아가리
결코 평지에 눕지 않을 것이다

嫩竹纔數尺 已含凌雲意
騰身欲化龍 不肯臥平地

– 홍세태(洪世泰, 1653~1725), 〈어린 대나무[嫩竹]〉, 《유하집(柳下集)》

과거는 아팠고, 현실은 초라하며 미래는 불투명하다. 돌이킬 수 없는 과거는 자꾸만 발목을 잡는다. 유년기의 기억은 더 크고 아프게 기억되는 법이다. 아픔 없는 유년기를 겪은 사람이 얼마나 될까? 그런 과거의 상처가 현재를 불행하게 만들고 미래를 부재하게 만든다.

현재는 또 어떠한가? 현재는 내가 생각하는 것보다 훨씬 초라하다. 되고 싶은 것과 될 수 있는 것, 하고 싶은 것과 할 수 있는 것 사이의 거리는 아득하고도 멀다. 자칫 근거 없는 미래에 몸을 기대거나, 과거에 일어났던 행복과 행운만을 반추할 뿐이다. 그러다 보면 현재는 더더욱 자신에게 등을 돌린다.

미래는 오지 않았다. 오더라도 아주 더디게 온다. 미래는 달콤하지만 괴로운 유혹이다. 혹시 오지 않을지도 모를 장밋빛 미래에 모든 현재의 행복과 기쁨을 유예할지도 모른다. 미완(未完)의 대기(大器), 대기만성(大器晩成), 유망주(有望株) 등의 말은 아무런 성취도 이루지 못하고 사라질 수도 있다는 의미를 내포하는 셈이다.

홍세태는 1675년 23세의 나이로 잡과(雜科)에 응시하여 한학관(漢學官)으로 뽑혔지만 이미 정원이 꽉 차 있는 상태라 실직(實職)을 받지 못했다. 1698년 46세가 되어서야 이문학관(吏文學官)에 제수되었다. 급제 이후 무려 23년 만에 실직을 받은 셈이다. 8남 2녀를 두었지만 다들 부모보다 먼저 세상을 떴다. 누구보다 시재(詩才)가 뛰어난 천재 시인이긴 했지만 지독한 불운이 평생을 괴롭혔다.

이 시는 홍세태가 45세 때 지은 작품이다. 조금만 더 하면 잘되고 나아질 것이란 희망은 자신은 물론 가족들까지 괴롭히기에 충분하다. 그러나 자신을 어린 대나무에 빗대며, 아직도 저 창공까지 높이 자랄 수 있다는 기대를 잊지 않았다. 비상(飛上)에 대한 갈망만큼 평지에 머무는 시간은 분노와 좌절로 채워질 수밖에 없다.

노력은 많은 것을 가져다준다 말하곤 한다. 그러나 끝내 보상받지 못하는 노력도 있다. 보상받지 못하리란 것을 뻔히 알면서 하는 노력은 그래서 더욱 슬프다. 노력마저 하지 않는 자신을 견디지 못하는 자기 연민의 시간일지도 모르겠다. 노력은 인간에게 달렸지만 일의 성취 여부는 하늘에 달렸다. 그러니 자신의 노력이 모두 보상받으리란 기대 자체가 애초부터 오만한 생각이 아니던가?

그는 끝내 용이 되었는가? 당대 최고의 시인으로서 2000수 넘는 시를 지었다. 게다가 《해동유주(海東遺珠)》를 편찬해 중인 문학의 위상을 드높였으며, 일본과 중국에서도 알아주는 시인이 되었다. 지위나 권세가 주어지지는 않았지만 시사(詩史)에 지워지지 않을 이름을 당당히 남겼다. [박동욱]

아무도 알아주는 이 없네

아내는 아이 보기 힘든 줄도 모르고
내가 논다면서 자꾸 아이를 맡기네

內情不識看兒苦 謂我浪遊抱送頻

- 김립(金笠, 생몰년 미상), 〈늙은이[老翁]〉, 《김립시집(金笠詩集)》

지금보다 훨씬 가부장적이었던 조선시대의 남성들은 육아 따위 나 몰라라 했을 것 같지만 전혀 그렇지 않다. 특히 아들의 경우는 아버지와 할아버지가 도맡아 키웠다고 해도 과언이 아니다.

아들을 편애해서 그런 것이 아니다. 남녀의 성 역할이 분명했던 조선시대에 남아의 육아는 남성이 맡아야 한다는 인식이 강했기 때문이다. 육아뿐 아니라 교육까지 전담했으니, 조선시대 남성들의 육아 참여도는 지금보다 훨씬 높았다고 하겠다.

이를 잘 보여주는 것이 조선시대의 유일한 육아일기 《양아록(養兒錄)》

이다. 조선 초기의 선비 이문건(李文楗)은 16년 동안 직접 손자를 먹이고 입히고 재우며 손자의 성장 과정을 낱낱이 기록하여 이 책으로 남겼다. 이것은 유별난 사례가 아니라 보편적인 현상이었다.

이 시는 방랑 시인 김삿갓으로 알려진 김립이 노년에 지은 것이다. 이처럼 조선시대 남성들은 육아의 고충을 토로할 정도로 많은 역할을 담당하였다. 이것이 가능했던 이유는 남성의 육아 참여 여건이 지금보다 훨씬 양호했기 때문이다. 악화된 근무 여건으로 하루 종일 직장에 매여 있어야 하는 지금과 달리, 과거의 남성들은 집에서 많은 시간을 보냈다.

옛날에는 훨씬 더 열악한 환경에서 아이를 키웠다고들 하지만, 하나만 알고 둘은 모르는 소리다. 과거에는 대가족 제도하에서 여러 사람의 도움을 받아 육아의 부담을 나눌 수 있었다. 그러나 오늘날의 육아는 온전히 부모의 책임이다. 육아와 가사 그리고 직장의 삼중고를 겪으며 스트레스를 느끼지 않는다면 그것이 오히려 이상한 일이다. 육아 환경이 예전보다 악화되었다는 사실을 인정하지 않고, 육아 스트레스를 나약하고 게으른 사람의 문제로 취급하는 것은 잘못이다.

김삿갓이 아내를 원망한 것은 자꾸 아이를 맡겨서가 아니라 아이를 돌보는 수고를 알아주지 않아서가 아니었을까. 아무도 도와주지 않는 상황보다 아무도 알아주지 않는다는 생각에 더 견디기 힘들었으리라. 설령 도움을 받지 못하더라도, 누군가 알아주기만 해도 원망이 누그러질 것이다. [장유승]

경험하지 않으면 모른다

훗날 의젓한 어른이 되거든
그제야 부모의 은혜 알게 되리라

他日嶷成人 方覺親恩慈

– 김시습(金時習, 1453~1493), 〈아이를 가르치다[教兒]〉, 《매월당집(梅月堂集)》

"사람이 어려서는 부모를 사랑하다가 여색을 좋아할 줄 알게 되면 젊고 예쁜 여자를 사랑하고, 처자식이 생기면 처자식을 사랑한다." 맹자의 말이다. 부모에게서 이성에게로 그리고 자녀에게로 옮겨가는 것이 평범한 사람의 사랑이다.

어느 것이 가장 큰 사랑일까? 사람이 가장 싫어하는 것은 죽음이니, 대신 죽을 수 있다면 가장 큰 사랑이라고 해도 무방하리라.

부모를 위해 죽을 수 있는가? 부모를 존경하고 사랑하는 사람이라도 대신 죽기란 쉽지 않다. 죽을 수 있다고 한다면 그것은 사랑 때문이라

기보다는 윤리적 의무감의 소산이리라.

사랑하는 이성을 위해 죽을 수 있는가? 연애 감정이 열렬할 때는 대신 죽는 것도 어렵지 않다. 그런데 남녀 간의 사랑은 강도가 높은 반면 지속성이 낮은 것이 한계이다. 연애 기간이나 결혼 기간이 오래되면 대신 죽기가 어려워진다. 오래된 연인이나 부부가 서로를 위해 대신 죽을 수 있다고 한다면 그 역시 윤리적 의무감 때문이리라.

그러나 자식을 위해 죽을 수 있다고 하는 부모의 마음은 윤리적 의무감과는 관계가 없다. 거기에는 아무런 고민도 망설임도 필요치 않다. 새끼를 위해 목숨을 바치는 짐승처럼, 부모의 자식 사랑은 종족 보존의 본능일지도 모른다. 강도와 지속성 두 측면에서 부모의 자식 사랑을 능가하는 사랑은 존재하지 않는 듯하다.

과거에는 효(孝)를 인간의 타고난 본성이자 자연의 원리라고 하였다. 그 증거로 거론한 것이 까마귀의 효도이다. 《본초강목(本草綱目)》에 따르면, 까마귀는 어려서 어미에게 먹이를 얻어먹다가 자라서는 어미를 먹여준다고 한다. 여기서 생긴 고사성어가 반포지효(反哺之孝)이다. 먹여준 은혜를 되돌려주는 효도라는 뜻이다. 그러나 이것은 과학적으로는 진실이 아니다. 어미와 새끼를 혼동하였거나, 사회성이 발달한 까마귀가 먹이를 나누어 먹는 현상을 오인하였을 가능성이 높다고 한다.

효도는 본능이 아니다. 지구상에 존재하는 그 어떤 생물도 부모를 위해 효도하지 않는다. 어린아이가 부모를 사랑하는 건 효도가 아니라 생존을 위한 본능이다. 효도는 철저히 문화적인 산물이다. 이는 효도에 해당하는 영어 단어가 없는 것만 보아도 알 수 있다.

갚아야 한다고는 말하지 않겠다. 아무리 부모님 은혜 어쩌고 노래를 불러도, 부모의 입장이 되어보기 전에는 알기 어렵다. 하지만 부모가 되고 보면 저절로 깨닫게 된다. 세상에는 경험하지 않으면 결코 이해할 수 없는 일도 있는 법이다. [장유승]

입장 바꿔 생각하기

•

사람들 가마 타는 즐거움만 알고
가마 메는 괴로움 모르고 있네
人知坐輿樂 不識肩輿苦

– 정약용(丁若鏞, 1762~1836),
〈가마꾼의 탄식[肩輿歎]〉, 《여유당전서(與猶堂全書)》

•

'어깨 견(肩)', '수레 여(輿)' '견여'는 양어깨에 걸어 두 사람이 짊어지고 옮기는 가마를 말한다. 이 시를 볼 때마다 떠오르는 여행지가 있다. 바로 중국의 장가계다. 아찔하게 높은 산이 끝없이 이어져 장관을 이루고 있는 장가계는 계단이 대단히 많아서 젊은 사람들도 구경하기 힘들어 한다는 곳이다. 그런데 막상 가보면 그곳에는 의외로 어르신들이 참 많다. 알고 보면 모두 가마꾼의 손님들이다. 그 광대한 지역을 가마꾼 둘이 어깨에 가마를 지고 산행을 시작하는데, 풍경의 아름다움에 취하여 연신 감탄사를 내뱉는 어르신들과 밑에서 땀을 뻘뻘 흘리며 묵묵히 계단을 오르는 가마꾼들의 대비된 표정이 기억에 선명하다.

'배려'는 '짝 배(配)', '생각할 려(慮)'이다. 나의 짝, 즉 상대방의 입장에서 생각해본다는 것이다. 세상에 존중, 이해, 소통, 양보, 칭찬 등 상대방을 향한 미덕의 말들이 적지 않다. 하지만 그 모든 것은 상대방의 입장에서, 상대방과 입장을 바꿔서 생각하는 것에서 시작한다.

정약용은 조선 후기의 대표적인 실학자다. 그는 정치가로, 문장가로, 학자로 여러 업적을 세웠는데, 조선의 사회 현실을 비판하고 다양한 개혁안을 제시했다. 한강에 배를 이어 만든 '배다리'를 놓는다거나 수원 화성을 설계하는 등 기술적인 업적도 여럿 쌓았다.

정약용의 깊이 있는 학문 세계와 거침없는 추진력의 중심에는 언제나 백성을 향한 따뜻한 배려의 마음이 있었다. 그는 강진의 유배지에서 아들에게 편지를 보내 '재물을 가장 오래 간직하는 방법'에 대해 가르쳤다. "아무리 귀하게 숨겨놓아도 불이 나거나 도둑이 들면 허망하게 날아가지만, 가장 필요를 느끼는 어려운 이웃에게 주면 그 고마운 마음은 영원히 간직된다"는 정약용만의 확실한 비법이다. 상대를 살피고 그 입장에서 생각하는 작은 변화가 세상을 바꾸는 큰 힘의 시작임을 그는 알고, 믿었으며, 실천하려고 했던 것이다.

스페인 출신의 에코 디자이너 쿠로 클라렛(Curro Claret)은 세심하고 따뜻한 디자인으로 인기를 끌고 있다. 이 스페인 디자이너는 홈페이지를 통해 자신이 설계한 다양한 디자인들을 공개하고 있는데 홈페이지에서 'Very Difficult Projects(매우 어려운 과제)'라는 메뉴가 눈에 띈다. 전 세계의 노숙자들을 위해 디자이너가 꾸준히 추진하고 있는 이 운동은 낮에는 의자가 되고, 밤에는 펴서 평상으로 쓸 수 있는 나무 의자를 전 세계에 판매, 설치하는 것이다. 실제로 스페인 바르셀로나와 오스트리아 비엔나에는 이 벤치가 설치된 성당이 있다. 그와 대조적으로 우리나라의 공원에는 '수레등 벤치'가 있다. 긴 의자 사이에 반달 모양의 팔걸이가 놓여 있어 자리와 자리를 확실히 구분 짓는 벤치이다. 도시 미관을 해치는(?) 노숙자들이 누울 수 없도록 하기 위해 만든 디자인이란다. '공유의 미학'과 '배제의 미학'이 보여주는 차이이다. [손유경]

속여도 되는 것

문제는 배가 고프냐 부르냐지
쌀밥과 고기가 좋은 건 아니지
所爭在飢飽 粱肉非遽賢

– 정약용(丁若鏞, 1762~1836),
〈소동파의 시에 차운하다[和蘇長公東坡]〉, 《여유당전서(與猶堂全書)》

《사기(史記)》, 〈역생열전(酈生列傳)〉에 "백성은 먹을 것을 하늘로 삼는다[民以食爲天]"라는 말이 있다. 백성에게 가장 중요한 건 이념도 아니고 국가도 아니고, 먹고사는 문제라는 것이다. 굶어죽는 사람이 넘쳐났던 시대였으니, 먹여주기만 하면 그걸로 감지덕지다.

먹고사는 문제는 지금도 여전히 중요하다. 우리 역시 먹여 살려주는 대가로 자유를 반납하고 직장에 매여 노동을 제공하고 있지 않은가. 달라진 것이 있다면, 많이 먹는 것보다 맛있는 것을 먹는 것이 중요해졌다는 점이다.

여전히 끼니를 거르는 사람이 적지 않지만, 전반적인 생활수준이 나아지면서 단순히 배를 채우는 것 이상의 역할을 음식에 요구하는 사람이 많아졌다. TV 프로그램은 연일 새로운 맛집을 발굴하고, 블로거들은 맛집 포스팅에 열심이다. 맛을 위해서라면 먼 길을 마다 않고 달려오는 사람들 덕택에 유명한 음식점은 항상 문전성시이다.

맛있는 음식만큼 우리를 쉽게 만족시키는 것도 흔치 않다. 먹는 것은 분명 즐거움이다. 그 소소한 즐거움을 비난할 생각은 없지만, 목구멍을 타고 넘어가면 잊히는 맛의 기억에 지나치게 많은 시간과 비용을 들이는 것이 과연 온당한지 생각해볼 일이다. 이 점에 대해 다산 정약용이 두 아들에게 남긴 말이 있다.

사람이 살면서 가장 중요한 것은 진실이니, 조금도 속이는 일이 없어야 한다. 하늘을 속이는 것이 가장 나쁘고, 임금을 속이고 아비를 속이고 농부와 상인이 동업자를 속이면 모두 죄를 짓는 것이다. 그렇지만 속여도 되는 것이 하나 있다. 바로 자기의 입이다. 형편없는 음식으로 입을 속이고 금방 지나가면 되니, 참으로 좋은 방법이다.

올해 여름에 내가 강진의 다산에 있을 적에 상추로 밥을 싸 먹으니 어떤 사람이 물었다.

"상추로 쌈을 싸서 먹는 것과 상추를 절여서 반찬으로 먹는 것이 무슨 차이가 있습니까?"

나는 이렇게 대답했다.

"이것은 내 입을 속이는 방법이다."

반찬 하나를 먹을 때마다 이렇게 생각하거라. 정력을 바치고 지혜를 짜내면서 변소에 충성할 필요는 없다.

《여유당전서》에 나오는 내용이다. 사람이 살면서 남을 속이는 일은 없어야 하겠지만, 딱 하나 속여도 되는 것이 있다. 바로 나의 입이다. 아무리 형편없는 음식이라도 내 입을 잠시만 속이면 먹을 수 있다. 그래서 다산은 거친 밥을 상추로 싸 먹으며 입을 속였던 것이다.

우리의 입은 별로 똑똑하지 않아서 속기도 잘하고 잊기도 잘한다. 몸에 이로운 음식이라고 다 비싸고 맛있지도 않으니, 애써 비싸고 맛있는 음식을 먹어봐야 다산의 말대로 결국 화장실에 충성하는 꼴이다. 사람에게는 먹는 것보다 중요한 일이 있지 않을까. [장유승]

밤손님 이야기

다음번엔 이름을 숨겨봤자 소용없겠네
요즘 세상 사람 태반이 그대와 같네

他時不用逃名姓 世上如今半是君

– 이섭(李涉, 생몰년 미상), 〈정란사의 밤손님[井欄砂宿遇夜客]〉, 《전당시(全唐詩)》

시인은 강가 마을에서 강도를 만났다. 흉기를 든 강도가 "넌 누구냐?"라고 물으며 위협하니, 따르던 수행원이 '이박사'라고 뭉뚱그려 대답했다. 그런데 그 말을 들은 강도 두목이 슬그머니 몽둥이를 치웠다. 그러고는 "그렇다면 시인이 아니냐? 시나 한 수 지어다오" 했다는 것이다. 중국 남송(南宋) 때 계유공(計有功)이 지은《당시기사(唐詩紀事)》에 전하는 이 시의 창작 배경이다.

녹림호객(綠林豪客)이라는 말이 있다. 이 시의 앞 구절을 보면 "녹림호객이 밤에도 알아본다[綠林豪客夜知聞]"는 말이 있는데 여기서 녹림호객은 도둑, 강도를 달리 부르는 말이다. '푸른 산의 호방한 손님'이라는 뜻의 녹림호객이 왜 강도를 지칭하는 말이 되었는지 궁금해진다. 사실 녹림은 지명으로 중국의 녹림산을 뜻한다. 중국 전한(前漢) 말기에 왕망(王莽)이 왕위를 찬탈하고 신(新)나라를 세우자, 왕망의 정책에 반기를 들고 배고픈 난민들이 녹림산에 모여들어 하나의 세력을 형성했는데 그때부터 녹림은 도둑 소굴을 뜻하게 되었다고 한다.

이 시에서 시인은 마주한 강도를 밤손님[夜客]으로, 또 녹림호객으로 부른다. 손님[客]이라는 표현은 왠지 반갑고 친근하며, 특히 '호객'이라는 표현은 멋스럽기까지 하다. '나쁜 놈'보다 '의리 있는 놈'의 느낌이 강하기 때문이다. 녹림산의 도적떼가 단순히 제 배를 채우려고 들고 일어난 것이 아니듯 고명한 시인 앞에서 약탈할 마음을 바로 접을 줄 아는 강도 역시 그냥 욕심 많고 악랄한 사람만은 아니었던 듯하다. '이박사'라는 애매한 통성명에도 시인 이섭을 대번에 알아보는 이른바 풍류 좀 아는 사람이니 말이다. 그런데 당시 세상에는 그런 밤손님이 한둘이 아니었다. 시인이 이름을 숨겨보려는[逃名姓] 시도를 포기하겠다고 선언한 이유이다. 밤손님들은 제각기 다른 사연을 가지고 강도가 되었을 테지만 나름의 식견과 소양을 가지고 있다. 세상과 맞지 않아, 시류를 잘못 타서 강도가 되었을 뿐 날 때부터 나쁜 사람은 아니었던 것이다.

양상군자(梁上君子)라는 말이 있다. 역시 도둑을 가리키는 말이다. 중국 후한 말의 학자 진식(陳寔)은 학식과 덕행으로 유명했는데, 하루는 자기 집 들보에 웅크리고 있는 도둑을 눈치채고는 의관을 정제하고 아들과 손자들을 불러들여 훈계를 시작하였다. "사람이란 누구나 스스로 노력하지 않으면 안 된다. 나쁜 짓을 하는 사람도 반드시 처음부터 악한 사람은 아니다. 평소의 잘못된 버릇이 성격으로 변하여 나쁜 일을 하게 되는 것이다. 저 들보 위의 군자가 바로 그러한 사람이다." 숨어서 이 말을 듣던 도둑이 내려와 용서를 비니 진식은 그를 타이르고 비단 두 필을 주어 돌려보냈다.

날 때부터 도둑은 없다. 환경이 그렇게 만드는 경우가 대부분이다. 하지만 꼭 직업이 '도둑'이어야 도둑인 것은 아니다. 직업이 도둑이 아니지만 도둑보다 더 탐욕스러운 자들이 많은 세상이니 말이다. '사람은 누구나 스스로 노력하지 않으면 안 된다'는 진식의 충고를 되새겨 볼 일이다. [손유경]

마음의 불

아침에 길 가다 괜한 마음에
괴롭고 성나니 참으로 이유 없다
옥액과 금진 모두 겉으로만 약이 될 뿐
좋은 의사란 자신에게서 구하는 것

朝行妄作腑腸頭 生惱生嗔苦沒由
玉液金津都表劑 養醫合向自家求

– 이정섭(李廷燮, 1688~1744), 〈마음의 불[心火]〉, 《저촌집(樗村集)》

한번쯤 괴로움에 뒤척이며 밤을 지새본 경험이 있을 것이다. 사람에 따라 화내는 이유는 천차만별이겠지만, 우리는 모두 '화'라는 경험에 있어서는 공통분모를 지니고 있다.

그렇다면 차분히 앉아서 생각해볼 일이다. '왜 화를 낼까?' '무엇 때문에 화가 나는 거지?' 생각이 여기에 미치면 마음이 급해진다. 즉 나를 화나게 만든 그 '대상'을 기억 속에서 열심히 찾아다니기 때문이다. 어느 과학자의 말에 따르면 우리의 뇌에서 '화'가 만들어지는 메커니즘 가운데 가장 큰 원인이 '불공평' 혹은 '불공정'한 대우라고 한다. 이는 사람들 사이의 관계에서 비롯될 수도 있고 사회가 내게 주는 소외감과 모멸감에 기인할 수도 있다.

하지만 이 시처럼 이유 없이 화가 나는 경우도 종종 있다. 정확히 말하면 자기도 딱히 그 이유를 설명할 수 없는 가운데 화가 나는 경우겠다. 어찌 보면 너무나 솔직해서 점잖아 보이지 않는 이 시가 시선을 끈 것도 이러한 이유에서다.

시인도 그러했듯 "이유 없이 화가 난다"라고 말하지만, 기실 이러한 상황에서 그 원인은 자기 자신에게 있음을 우리는 어렴풋이 안다. 그저 탓할 대상을 찾고 싶은 것뿐이다. 이는 미숙하거나 혹은 부정하고 싶은 자신의 일부분을 스스로 인정하려들지 않는 과정이다.

이 시의 작자 저촌(樗村) 이정섭은 종실(宗室)의 후손으로 이렇다 할 벼슬을 지내지 못했다. 한편 그와 교유한 문인들은 상당히 화려했다. 그가 삶 속에서 느끼는 자격지심과 열등감을 시에서 화로 시작하여 화로 끝내며 묘사했다면 큰 묘미가 없었을 것이다.

그러나 그는 마지막 구절에서 한 걸음 물러서서 자신의 화를 대면한다. 어혈을 풀어주는 금진옥액(金津玉液)도 겉으로만 약이 될 뿐이다. 그는 마음의 불[心火]을 꺼주는 좋은 의사란 결국 '자기 자신'이라 말한다. 결국 자기 자신을 객관화시키면서 그 해답을 찾았다.

화의 원인이 다른 사람이라 할지라도 이 방법은 유효하다. 법정 스님이 '용서'에 대해 한 말이 떠오르는 것은 왜일까. 무조건 용서하여 성불

(成佛)하자는 말이 아니다. 자타를 막론하고 화를 자아낸 대상을 용서한다는 것은 흐트러지려는 자신을 거두는 일이라는 말이 와 닿았기 때문이다. 이정섭이 자신의 마음에서 명의(名醫)를 발견한 것처럼 말이다.

[김영죽]

늙으면 늙는 대로

흰머리로 젊은 모습 꾸민다면
연지와 분에 부끄럽지 않겠는가

白首作春容 寧不愧脂粉

– 유몽인(柳夢寅, 1559~1623),
〈보개산 절의 벽에 쓰다[題寶盖山寺壁]〉, 《어우집(於于集)》

유몽인은 광해군의 조정에서 고위 관직을 역임한 인물이다. 그러나 광해군 후기에 이르러 당시 집권당이었던 대북파와 뜻이 맞지 않아 관직에서 물러나 은둔과 유랑으로 세월을 보냈다.

유몽인은 예순다섯의 나이로 금강산 이곳저곳을 떠돌던 중, 인조반정으로 광해군이 왕위에서 쫓겨났다는 충격적인 소식을 전해 들었다. 가만히 있을 수 없던 그는 발길을 돌려 서울로 향하였다. 도중에 철원 보개산의 한 사찰에 들러 이 시를 남겼다.

유몽인은 광해군의 신하로 늙은 사람이다. 이제 와서 새로운 임금을 섬긴다면, 화장을 떡칠하고 나이를 숨긴 채 남자를 유혹하는 노파와 다름없다. 차라리 과부로 늙어 죽기를 택한 여인처럼, 새로운 정권에 협조하지 않겠다는 뜻을 분명히 밝힌 것이었다.

유몽인의 이 같은 태도는 반정 공신 세력으로서는 결코 용납할 수 없는 것이었다. 결국 유몽인은 광해군 복위를 도모했다는 누명을 뒤집어쓰고 처형당하였다.

나이가 들어서도 젊은 시절의 미모를 그대로 간직하고 있는 연예인들을 보면, 그 철저한 자기 관리에 감탄을 금할 수 없다. 하지만 한편으로는 뭔가 부자연스러워 보이는 것도 사실이다. 눈으로 보이는 외모는 분명 2, 30대의 한창 나이인데, 우리가 알고 있는 그 사람의 나이는 이미 중년을 넘었기 때문이다. 이러한 외모와 실상의 불일치에서 우리는 이질감을 느끼곤 한다.

나이를 먹으면 모든 것이 변하기 마련이다. 나이가 들어도 행동이 변하지 않으면 철이 없다고 비난하는데, 나이가 들어도 외모가 변하지 않으면 동안이라며 부러워한다.

그래서 사람들은 나이가 들어서도 젊은 시절의 외모를 유지하려고 안간힘을 쓴다. 좋다는 화장품이라면 값을 따지지 않고 사다 바른다. 하지만 별로 달라지는 것은 없는 듯하다.

나이 들어 주름진 얼굴을 젊게 만들어주는 마법의 화장품은 존재하지 않는다. 주름진 얼굴은 굴곡진 인생의 산물이다. 외모만 신경 쓰면

되는 편한 인생이 아닌 이상, 얼굴에 나타나는 세월의 흔적은 감출 수 없다. 세월의 흐름을 거스른 얼굴을 과연 아름답다고 해야 할까. [장유승]

파랑새는 있다

온종일 찾아다녀도 봄이 보이지 않아
농두산 구름 속을 두루 헤매고 다녔지
돌아와 미소 띠며 매화 향기 맡으니
봄은 가지 끝에 이미 무르익어 있었네

盡日尋春不見春 芒鞋踏遍隴頭雲
歸來笑拈梅花嗅 春在枝頭已十分

– 작자 미상, 〈오도시(悟道詩)〉, 《학림옥로(鶴林玉露)》

누구나 어릴 적 한 번쯤은 읽어봤을 《파랑새》라는 동화가 있다. 주인공 치르치르와 미치르 남매가 크리스마스 전날 밤에 꿈을 꾸었는데, 요술 할머니가 나타나 아이들에게 파랑새를 찾아달라고 한다.

남매는 파랑새를 찾아 여러 환상의 나라를 여행하지만, 어디에서도 파랑새를 찾지 못하고 집으로 돌아오며 잠에서 깬다. 그리고 남매는 자기 집 문에 달린 새장 안의 산비둘기가 파랑새임을 깨닫게 된다는 내용이다.

환상 속을 누비다가 허무하게 잠에서 깨어나는 《파랑새》 동화의 결

말은 어린이에게는 조금 시시하게 느껴질 것 같기도 하다. 어린이들이 행복은 먼 곳에 있는 것이 아니라 가까이에 있다는 이 동화의 의미를 얼마나 공감할 수 있을까. 이 점에서《파랑새》는《어린 왕자》처럼 어른들을 위한 동화라고 생각한다. 우리가 어른이 되고 나이가 들어가는 과정이 끊임없이 파랑새를 쫓는 남매의 모습과 닮았기 때문이다.

동화 속에서 남매가 여행한 추억의 나라, 밤의 궁전, 미래의 나라, 무한정 먹고 마실 수 있는 행복의 나라는 어른들이 늘 갈망하는 세계이다. 많은 사람들이 오늘도 '내 키가 조금만 더 크다면', '저 직장에 들어갔더라면', '그 시절로 돌아간다면', '앞으로 돈을 많이 벌게 된다면' 등의 파랑새를 그리워하느라, 정작 자신의 손 안에 있는 파랑새를 잊고 산다.

중국 송나라 때 비구니 승려가 쓴 것이라고 전해지는 이 시는 구도의 과정을 읊고 있다. 여기서의 도가 무엇인지는 잘 모르겠지만, 도를 깨달은 삶은 참된 행복을 누리게 되는 삶일 것이다. 동서고금을 막론하고 참된 행복을 가져다주는 조건은 우리 곁에 이미 존재하고 있음을 거듭 말해주고 있다.

그러므로 '행복해지면 좋겠다'는 생각에 빠져 '행복하다'라는 현재진행형의 말을 잊지 않는 것, 내 손안에 있는 파랑새의 온기를 느끼고 내 집에 심은 매화의 향기를 음미할 줄 아는 삶이야말로 도를 깨달은 삶이라고 할 것이다. [이국진]

용하다는 족집게 도사

가련하다 사나이의 위풍당당 운명이
고작 거친 베 한 포와 맞먹는단 말인가

可憐男子堂堂命 只直粗麻一布巾

– 이항복(李恒福, 1556~1618), 〈맹인 점쟁이[盲卜]〉, 《백사집(白沙集)》

조선 중기의 문신 이항복은 죽마고우 이덕형(李德馨)과의 우정을 담은 '오성과 한음' 이야기로 우리에게 친숙한 인물이다. 이 시는 편의상 '맹인 점쟁이'라고 짧게 제목을 달았지만 〈盲卜來言余厄年 問可度否 當用幾貨則曰 用黃粱一斗 麻布數尺足矣 不覺捧腹戲題〉라는 매우 긴 제목의 시다. 이를 통해 시를 짓게 된 배경을 알 수 있다.

하루는 맹인 점쟁이가 와서 "어르신, 어느 해의 운수를 살펴보니 썩 좋지 못합니다"라고 하였다. 그 말을 들은 이항복이 점쟁이에게 "그런가? 그렇다면 어떻게 해야 액운을 피할 수 있겠는가?" 하고는 이어 "그 방법을 알려면 돈이 얼마나 필요하겠는가?" 하고 물었다.

점쟁이가 "메조 한 말에 삼베 두어 자만 있으면 충분합니다"라고 하니 이항복이 크게 웃었다는 것이다. "모두들 신처럼 맞힌다고[多言時或中如神]" 칭송하는 점쟁이였건만 시인은 그의 말에 조금도 흔들리지 않았다. 오히려 사나이의 거대한 포부와 하늘이 내려준 운명을 고작 재물 몇 푼에 좌지우지할 수 있다고 호언장담하는 점쟁이를 희롱하고 있다.

그렇지만 용하다는 족집게 도사의 이야기를 흘려듣기는 생각만큼 쉽지 않다. 인간이라면 누구나 불확실한 미래에 대한 두려움을 가지고 있기 때문이다. 통계라는 개념이 생겨나기 전까지 사람들은 자신이 맞닥뜨리는 행운과 불운을 주관적으로 해석하면서 행운은 당겨 오고 불운은 밀어낼 수 있는 방법을 찾기 위해 고심했다. 인류가 점을 치기 시작한 것이 정확히 언제부터였는지는 모르겠으나 최소 5천 년은 넘었을 것으로 보인다. 점을 치는 것과 인류 문명이 그 출발을 거의 함께한 셈이다. 동양을 대표하는 역사서 《사기(史記)》의 〈귀책열전(龜策列傳)〉을 보면 "삼왕(三王)은 각기 다른 거북을 사용하여 점을 쳤고, 사방의 오랑캐는 각기 다른 점술을 사용했다"는 기록이 있다. 이를 통해 점술의 역사가 오래되었을 뿐 아니라 상고시대에 이미 다양한 형태의 점치는 방법이 존재했음을 알 수 있다. 이렇게 오랜 역사와 다양한 방법을 지닌 점은 우리 생활과 매우 밀착되어 있었으니, 조상들은 혼인, 과거시험, 이사 등 큰일을 앞두고는 늘 점을 쳤으며, 신년점으로 한 해의 길흉화복

(吉凶禍福)에 대비했다.

그런데 과학이 발전하고 통계분석법이 발달하여 더 이상 미신이 통하지 않을 것 같은 21세기에도 사람들은 여전히 점을 친다. 점집까지 찾아다니지는 않더라도 많은 사람들이 신문에 실린 '오늘의 운세'를 살피며, 이름난 사주카페, 타로카페는 여전히 인기가 있다. 사실 오늘의 운세를 꼼꼼히 뜯어보면 누구에게나 일어날 수 있을 법한 이야기이다. 실제로 19세기 말 곡예단에서 사람들의 성격과 특징을 알아내는 일을 하던 바넘(P. T. Barnum)은 사람들은 누구에게나 있는 성격이나 심리적 특징도 자신만의 특성이라고 착각하고 특별하게 받아들이는 경향이 있음을 알아냈다. 그리고 오늘날 많은 점쟁이들이 이 바넘 효과에 기대어 점을 친다. 그러고 보면 우리가 점을 치는 이유는 귀신같은 비책을 얻기 위함이 아니라 위로받고 싶어서일지도 모르겠다.

'이 어려움은 누구에게나 일어날 수 있는 것이니 두려워 말고 자책하지 말라'는 뻔한 위로가 내일을 살아갈 힘이 되어준다. [손유경]

잘 지켜보기만 해준다면

한 자짜리 외로운 솔이 탑 서쪽에 있는데
탑은 높고 솔은 낮아 가지런하지 않구나
오늘의 솔이 낮다고 말하지 말라
솔이 자라 언젠가 탑이 되레 낮을 테니

一尺孤松在塔西 塔高松短不相齊
莫言此日松低短 松長他時塔反低

– 정인홍(鄭仁弘, 1535~1623), 〈소나무[詠松]〉, 《내암집(來庵集)》

'길고 짧은 것은 대봐야 안다.' 심상해 보이는 이 말을 잘 곱씹으면 수많은 함의를 발견하게 된다. 이는 어떤 것이 긴지 짧은지를 확실히 짚고 넘어가자는 말이 아니다. 그 핵심은 '대봐야 안다'에 있다. 즉 내 눈을 착각하게 만드는 현상에 혹하지 말라는 경계이며 '길다', '짧다'의 가치는 그 대상이 거쳐 간 시간과 놓여 있는 공간에 따라 가변적이라는 말도 된다.

이 시를 접하는 순간, 내 아이의 키 재기부터 시작해서 수많은 사회적 줄 세우기가 주마등처럼 스쳤다. 아이의 키야 잘 먹이고 잘 재우면 작년보다 클 것이고 내년에 더 클 것이라고 기대할 수 있지만, 사회적 입지라는 것은 맘 같지 않은 문제이다. 더구나 그 기준은 확고한 듯하지만 공정하지 않은 면도 분명히 존재한다.

요즘 대학가에서는 대학 서열화 논란이 심심치 않게 일고 있다. 순수한 학문의 장(場)이 되어야 할 곳조차 이제는 '순위 매김'으로 가치평가를 받게 된 것이다. 그 결과 아이들은 초등학교, 중학교 시절부터 특목고, 자사고를 향해 달려가고, 이후로는 일등 대학을 향해 한 줄로 내달린다. 그것이 '인생의 서열화'라고 굳게 믿으며 가고 있기에 안타깝다. 다양한 진로와 개성은 그저 하나의 길로만 수렴된다.

시에서 묘사된 탑보다 키 작은 소나무는 테를 하나하나 늘려 탑보다 높은 곳에 서려 한다. 때문에 시인은 "오늘의 솔이 낮다고 말하지 말라, 솔이 자라 언젠가 탑이 되레 낮을 테니[松長他時塔反低]"라 한 것이다.

소나무가 나이테를 늘려가는 시간처럼, 아이들에게도 '믿고 기다려 주는' 시간이 필요하다. 아이들의 특기가 무엇인지 파악하기 위해서는 그들 자신의 시간과 노력뿐 아니라 부모의 노력도 참으로 중요하다.

함부로 장단(長短)을 단정 지으려 하는 태도를 지양해야 하며, 아이의 꿈에 자신의 못다 한 꿈을 투영해 간섭하려들지 말아야 할 것이다. 최소한의 간섭, 아이의 꿈에 대한 지속적인 관심이 아이라는 '나무'를 키우는 데 가장 효과적인 비율이 아닐까 한다.

개인적으로 흥미로운 경험이 하나 있다. 천성이 세심하지 못한 나는 벤자민이라는 화초를 선물로 받은 터라 부득이 키우게 되었다. 벤자민은 본래 실내 관상용이어서 아파트 거실에서 흔히 볼 수 있는 식물이다. 그러나 통풍이 문제였는지 시들시들하기에 아파트 현관 입구에 세워놓고 오며가며 돌봄도 방치도 아닌 어중간한 관심만 주었다.

실내에서만 자라던 녀석이 밖에서 햇볕이며 비를 맞고 자라더니 개미 떼에게 줄기를 점령당하기도 했다. 신기한 일은 그다음부터다. 꽃을 피우지 않는 이 화초에 금귤처럼 노란 열매가 맺히기 시작했다. 이를 두고 길조니 뭐니 호들갑을 떠는 사람들도 있었지만 사실은 이 관상용 화초가 갑자기 낯선 환경에 노출되자 스스로 열매를 맺고 번식하려는 야생성을 회복했던 것이다.

적당한 거리에서 잘 지켜보기만 하면 언젠가 스스로의 키를 키워나갈 잠재력을 아이들은 지니고 있다. 이 시의 소나무처럼 말이다. [김영죽]

부러움과 자괴감 사이

•

늙도록 중국 한 번 가보지 못하고
그저 가는 사람 전송하는 시만 쓰네

不見中州頭已白 只題燕路送君詩

– 신광수(申光洙, 1712~1775),
〈연경으로 가는 동지사 서장관 이세석을 전송하며[送冬至下价李聖輔-世奭-赴燕]〉,
《석북집(石北集)》

•

제임스 조이스의 《더블린 사람들》에 실린 단편 〈작은 구름〉에서 챈들러는 자기보다 한 수 아래였던 갤러허가 성공을 거두자 마음이 복잡해진다. 자신에게도 기회가 있었더라면 훨씬 더 잘할 수 있었을 것이라는 생각, 대륙을 누빈 친구의 체험담을 듣고 싹튼 부러움과 자괴감, 초라한 현실에 대한 막연한 분노와 이곳을 벗어나고 싶다는 충동이 어느덧 그의 머릿속을 덮어버린 것이다.

누군가가 거머쥔 행운이 액면 그대로 보이지 않고 새삼스럽게 자신이 가지지 못한 것을 비출 때가 있다. 조선 땅이 답답하지만 넓은 세상으로 나가기가 힘들었던 시절에 신광수는 중국으로 사행길을 떠나는 이세석을 보며 착잡한 마음을 가눌 길이 없었다.

과거시험장에서 기대주로 각광받았고 시 짓는 재능이 있다고 소문났지만 번번이 과거에 낙방했고, 과거에 합격하지 못한 이상 관리가 되어 자신의 포부를 펼쳐 보이겠다는 꿈은 그저 꿈일 뿐이었다. 사신이 될 수도 없었고 박지원의 경우처럼 자제군관으로 자신을 사절단에 넣어 줄 성공한 집안 친척도 없었다. 물론 중국 사행길은 몇 달이 걸리는 고된 여행이었다. 하지만 좁은 땅에 태어나 자신의 재주를 펴지 못해 울분이 쌓인 사람들에게 중국 경험은 얼마나 대단하겠으며 긴 여행을 끝내고 돌아온 이들 앞에서 그는 또 얼마나 주눅이 들겠는가.

자존심이 강한 만큼 전송하는 시의 어조는 그저 담담하기만 하다. 신광수는 힘들고 고된 여행길에 몸조심하라는 염려도 잊지 않았고 새롭고 넓은 세계를 접하는 친구를 격려하고 축하했다.

언젠가 술에 취했을 때 신광수는 자기가 일본에 사행 가는 대열에 끼게 되면 종이를 들고 시를 청하는 사람이 무수히 늘어설 것이고, 중국 사신들이 이곳에 올 때 배석할 수만 있다면 나도 시로 그들을 놀라게 할 수 있다고 호언장담한 적이 있었다. 그러나 이런 호기가 실현될 가능성은 없을 것이다. 그의 취중진담은 먼 미래에는 우리가 있었다는 사실도 모를 것이라는 탄식으로 우울하게 이어진다.

우리는 가지지 못한 것에 민감하고 자주 이 사실을 떠올리며 불안해

한다. "부귀와 복록은 나의 인생을 풍부하게 해줄 것이며, 빈천과 근심은 너를 단련시켜 이룸이 있게 할 것이다[富貴福澤 將以厚吾之生也 貧賤憂戚 庸玉汝於成也]"라는 〈서명(西銘)〉의 구절에서 우리의 시선은 늘 후반부에 꽂히게 된다.

가지지 못한 것에 예민한 우리의 감각은 인생에서 결국 어떤 의미로 남게 될까. 삶의 추동력이 될까 아니면 우리를 가두는 족쇄가 될까. [이은주]

시 속에 투영된 사회의 단면

•

옛날에는 열에 하나 약자가 강자를 이겼는데
요즘은 어째서 강자가 약자를 모조리 잡아먹나

古猶什一弱制強 近何盡是強食弱

– 변종운(卞鍾運, 1790~1866), 〈취해서 쓰다[醉後放筆]〉, 《소재시초(歗齋詩鈔)》

•

이 시의 배경은 19세기이다. 작자인 변종운은 역과(譯科) 중인 출신이며, 일생 동안 자신의 신분적 한계 때문에 갈등하고 스스로 위안하기를 반복한 인물이다. 뛰어난 재능과 원대한 포부는 그의 일생에서 어쩌면 독이 되었을 수도 있다. 이룰 수 없는 꿈을 꾸었으니 그럴 법도 하다.

지금에야 어디 그러할까. 그러나 '신분제'라는 전통의 질곡을 벗어나자마자 근현대 '무한 경쟁'에 던져진 사람들은 또 다른 변종운들이다. 모든 방면에서 일등이 아니면 제대로 인정받지 못한다.

다양한 분야에서 두각을 나타낸 이들 역시 괴롭기는 마찬가지다. 매체의 집중적인 타깃이 되어 인간적 감동을 자아내는 그들의 노력 과정은 결과에 의해서 과장되거나 퇴색되기 십상이다. 어쩌면 우리는 너무 익숙해서 우리 스스로가 '엘리트주의'에 무젖어 있다는 사실조차 인식을 못 하고 있는지도 모른다.

변종운은 시에서 조금은 과격하게 "강자가 약자를 잡아먹나[强食弱]"라 하였다. 단순한 비유이기는 해도, 이보다 더 명확한 것이 또 있을까 싶다. 변종운 이후에 2세기가 지났음에도 소수의 강자와 다수의 약자 구도는 변한 것이 없다고 생각하면 씁쓸하다.

선택받은 일부가 사회나 국가 전체, 대중을 이끌어나간다는 믿음은 계급사회에서 가장 환영받았던 생각이다. 10퍼센트 미만의 기득권이란 상상만 해도 달콤하다. 전통시대에는 '교육'과 그로 인한 '지식 습득'의 기회 자체가 기득권의 전유물이었다. 지금은 모두에게 기회가 열려 있다고는 하지만 여전히 수많은 지방대는 불행하다. 대학의 서열화는 교육 현장에 '엘리트주의'를 재촉하며 아예 "대놓고 경쟁하자"라고 말한다.

눈에 보이지 않는 가치는 배제된 채 가시적인 성과를 내기 위해 모두가 한 줄로 달려간다. 변종운의 말이 일침이 되어 다가오는 건 이 때문일지도 모른다. [김영죽]

당신이 없다면 이 세계는 거대한 감옥

이 세계는 거대한 감옥
빠져나올 방법이 없네
此世界大牢獄 沒寸木可梯身

– 이언진(李彦瑱, 1740~1766),
〈호동거실(衚衕居室) 169〉, 《송목관신여고(松穆館燼餘稿)》

1763년 이언진은 조선통신사의 일행으로 배를 타고 오사카에 도착한 뒤 육로로 에도(江戶: 도쿄)에 갔다. 그는 일본에 묵는 기간 동안 찾아온 손님들과 필담을 나누거나 시를 주고받았고 이로 인해 뜻밖의 명성을 얻게 된다.

사역원의 주부(主簿)였던 그는 재기발랄한 시를 지어 사람들을 놀라게 했고, 몇몇 일본 문인들과 문학에 대한 토론과 논쟁을 벌였다. 그의 시를 원하는 사람들이 줄을 이었다. 일정을 마치고 귀국할 무렵에는 자신의 시가 일본에서 출간되었다는 소식을 들었다. 이 짧은 기간 동안

이국에서 이언진은 자신을 인정해주는 사람들 속에 있었다. 세상에 대한 자신감도 커졌을 것이다.

달콤한 꿈은 끝났다. 귀국한 뒤 이언진은 다시 예전과 같은 현실로 내던져졌다. 누군가가 자신을 알아준다는 것이 얼마나 기쁜 일인지 경험하고 난 뒤였다.

이언진은 다시 새로운 '지음(知音)'을 꿈꾸면서 연암 박지원에게 자신의 글을 품평해달라고 부탁했다. 내심 다시 일본에서 누렸던 영광을 재현할 수 있으리라 기대했을 것이다. 그러나 돌아온 것은 혹평이었다. 쇠약했던 그는 27세의 나이로 세상을 떴다.

자신을 알아주지 않아서 절망했다는 점에서 〈지원의 얼굴〉로 유명한 조각가 권진규(權鎭圭, 1922~1973)는 이언진과 닮은 점이 있다. 일본에서 조각 수업을 받고 권위 있는 이과전(二科展)에서 최고상을 수상했던 그는 어머니의 부름을 받고 고국으로 돌아온다.

개인적으로는 희생을 무릅쓴 결정이었다. 사랑하는 일본인 아내와 살면서 경력을 쌓아가던 그는 모든 것을 포기하고 돌아왔다. 그러나 고국에서의 삶은 모든 것이 여의치 않았다. 생의 마지막 순간에 남긴 "인생(人生)은 공(空), 파멸(破滅)"이라는 메모에서 우리는 그의 깊은 절망을 본다.

그러나 사실 이들이 하고 싶었던 말은 인생이나 현실 자체가 덧없거나 지옥이라는 것은 아닐 것이다. 그저 자신이 살고 있는 '이곳에서' 인생은 덧없고 세상은 지옥이었다. 우연히 이곳에 살고 있지만 다른 곳에 태어났다면 행복할 수도 있었을 것이라는 생각이 싹텄을 때 불행은 함께 피어났다.

행복한 과거는 역설적이게도 현재가 얼마나 불행한지 환기시켰다. 이언진처럼, 권진규처럼 또는 설령 혼자 있기를 좋아하는 사람이라고 해도 결국 인간은 누군가를 필요로 한다. 어느 순간 나를 이해해주는 사람이 없다는 사실을 발견할 때 그 고독감이 우리를 서서히 스러지게 할 것이다. 세상이 지옥이라고 느끼게 할 것이다. 인생이 덧없다고 귓속말로 속삭일 것이다. [이은주]

확신을 가진 사람이 끝까지 간다

한번 노력하여 올라간다면
앞길에 멋진 광경 펼쳐지리라

努力一躋攀 前行有奇觀

– 주희(朱熹, 1130~1200),
〈백장산육영(百丈山六詠), 돌계단[石磴]〉, 《회암집(晦庵集)》

험난한 세상에서 믿을 것이라곤 내 능력뿐이라는 생각에, 오늘도 젊은이들은 자기계발에 열중한다. 서점에 깔린 수많은 자기계발서들은 꿈만 있고 노력만 한다면 무엇이든 이룰 수 있다고 강조한다. 그러나 세상은 그렇게 녹록하지 않고, 젊은이들은 갈수록 암울해지는 현실에 절망한다.

지치고 상처 입은 젊은이들을 위해 '힐링' 열풍이 불었다. 남들도 다 그렇다고, 네 탓이 아니라며 토닥여주고는 다시 일어서라고 한다. 전장에서 낙오한 이들을 위로하고 다시 전장으로 뛰어들 용기를 북돋아준다는 점에서 힐링은 자기계발의 또 다른 얼굴과 다름없다.

그러더니 이제는 또 자기계발도 힐링도 거짓이라 한다. 자기계발은 사회의 구조적 불평등을 외면하고 실패의 책임을 개인에게 전가하는 가진 자의 논리이며, 힐링은 근본적인 해결책을 도외시한 일시적 위안이며 현실 도피에 불과하다는 것이다.

인생을 흔히 등산에 비유하곤 한다. 우리는 가파른 돌계단을 위태롭게 올라가는 등산객이다. 정상까지 올라가는 편한 길이 있을지도 모른다. 그 길로 수월하게 올라가는 사람들이 있는 것도 사실이다. 그들이 편한 길을 순순히 내줄 리 만무하니, 편한 길을 찾는 것도 고된 여정이 될 것이다. 어느 쪽이건 힘겹게 한 걸음씩 발걸음을 옮기는 수밖에 없다.

끝까지 오른다는 보장은 없다. 지치고 다쳐서 중간에 멈출 수도 있다. 정상에 무엇이 있는지도 알 수 없다. 겨우 이것 보려고 올라왔나 싶을 정도로 초라한 경치에 실망하게 될지도 모른다. 이런 생각에 지레 포기하고 내려갈 수도 있다.

결국 끝까지 오르는 사람은 정상에 오르기만 하면 멋진 광경이 펼쳐지리라는 확신을 가진 사람뿐이다. 세속적인 성공을 이루는 것도, 부조리한 세상을 바꾸는 것도 그러한 확신 없이는 불가능하다. [장유승]

불안한 선택, 다잡는 마음

•

아침이든 낮이든 잊지 말고
언제나 그 길에 몰두하자

朝晝當不忘 造次於是求

– 안정복(安鼎福, 1712~1791),
〈성오가 와서 몇 십 일 묵다가 돌아가려 하기에 오언 율시 두 수를 지어주다
[省吾來留數旬 及歸口號五言短律二首以贈]〉, 《순암집(順菴集)》

•

나이가 들어 안정된 자기 일을 하고 있을 때 과거를 반추해보면 그 과정들은 지금 이 순간을 위해 거쳐야 했던 단계처럼 보인다. 마치 성공한 사람들이 '나는 어떤 길을 걸어왔나?'를 설명할 때 자연스럽게 인생이 하나의 길처럼 느껴져서 고개를 끄덕이듯이.

그러나 삶은 정해진 길이 아니라 하나씩 버리는 과정이다. 다른 일을 했다면 좀 더 성공할 수 있지 않았을까 하는 의구심, 진짜 내 적성에 맞는 분야를 찾을 수 있을지도 모른다는 가능성, 언젠가는 내 재능이 다른 곳에서 피어날지 모른다는 일말의 기대를 품고 살아간다.

책이나 영화는 꿈을 향해 달려가는 인간의 모습을 보여준다. 이 때문에 각자 자신의 재능을 펼치는 것이 진정한 삶의 모습처럼 느껴질 때도 있다. 그러나 모두가 반드시 이루어야 할 꿈을 가진 것도 아니고, 누구에게나 빛나는 재능이 있는 것도 아니다.

욕망과 좌절, 노력과 실패가 우리의 삶 도처에 깔려 있다. 내가 선택한 것이 절대선이고 선택하지 않은 것이 나쁜 것이 아니다. 결국 선택의 결과에 내가 부여하는 의미가 중요하다.

내 길을 걸어가면서도 어느 시점으로 돌아가 다른 길을 선택했으면 어땠을까 하며 살며시 피어나는 미련들, 하고 싶은 일이 있었지만 현실적인 여건으로 포기하고 떠나보내야만 했던 것들, 내가 지금 가는 이 길이 최선이라는 확신을 줄 무엇인가를 바라는 불안함.

우리의 선택은 사실은 자발적으로 선택한 것이 아니라 버리고 버린 그 나머지 길일 수도 있다. 인생의 길은 애초에 확고하지도 않고 주어지지도 않았다. 우리가 고민을 거듭하며 현실과 타협하고 때로는 포기하면서 골라낸 것이다.

몇 차례 과거시험에 낙방한 사람은 쉽게 상처받고 스스로에게 실망하는 법이다. 김원행(金元行)은 제자 황윤석(黃胤錫)에게 과거 공부를 하지 말고 성리학 공부에 힘쓰라고 조언했다. 하지만 현실은 그렇게 딱 떨어지는 것이 아니었다. 세상의 다양한 분야에 관심을 가졌던 황윤석에게 성리학은 주어진 단 하나의 길이 아니었다. 그에게 과거 공부는 현실이었고 미련 없이 포기하기는 힘들었다.

이 시를 쓴 안정복도 별반 다르지 않았다. 그는 "학문이란 일상생활 가운데 있는 것, 그 밖의 것이야 모두 덧없구나[爲學在日用 此外儘悠悠]"라고 배포 있게 말하면서도 수험서에서 손을 떼지 못했다. 애써 마음을 다잡으려다가도 한순간 흔들리는 그 마음으로 결국 과체시 책 위에 "농사꾼 아낙이 되었으면, 타고난 그대로 살아야지. 시속 따라 분단장 하다가는 오히려 식자의 빈축만 사지[田間有一婦 鬢髮任天眞 隨俗買丹粉 翻爲識者嗔]"(〈과체 동인부 책면에 쓰다[題科體東人賦册面]〉)라는 시 한 수를 쓰고 만다. 자조로 끝나는 쓸쓸한 독백이 안정복만의 몫이 아닐 것이다. [이은주]

김홍도, 〈병진년화첩-경작도〉

3부

소 끄는 대로 밭 갈아도 옷은 젖네

체념은 힘이 세다

•

꿈꾸는 뱃사공은 어디로 가는가
구덩이 만나면 멈췄다가 물결 타면 흘러가리

梢工一夢歸何處 坎止流行此水頭

– 김정희(金正喜, 1786~1856),
〈개석정에 써서 남겨 정수동에게 답하다[留題介石亭 答鄭生壽銅]〉, 《완당전집(阮堂全集)》

•

살다 보면 일이 잘못되어 눈앞이 캄캄해질 때가 있다. 때로는 나의 잘못이나 실수로 인해, 때로는 본의 아니게 돌이킬 수 없는 상황에 처하기도 한다. 그럴 때면 적극적으로 상황을 만회하기 위해 갖은 노력을 하고, 내 입장을 해명하기 위해 애를 쓰기도 한다. 하지만 그럼에도 상황이 개선되지 않고, 구설에 휘말려 오랫동안 곤경에 처하는 경우가 있다.

《주역(周易)》의 '감괘(坎卦)' 풀이는 이러한 곤경에 대응하는 내용이다. 여기서 감(坎)은 '구덩이'를 가리키는데, 이 괘(卦)는 구덩이에 빠진 듯

험난함이 중첩된 상황에 처해 있음을 상징한다.

동양의 옛 현인들은 이 시의 마지막 구절에서 언급한 감지유행(坎止流行), 즉 '구덩이를 만나면 멈췄다가 물결을 타면 흘러가는' 처세 방식을 중요하게 생각했다. 여기에는 물이 흘러가다가 구덩이를 만나면, 그 물이 다 차오른 뒤에야 다음 물길로 흘러갈 수 있다는 통찰이 담겨 있다.

이 시는 추사 김정희가 9년간의 제주도 유배 생활에서 풀려나 고향에 머물 무렵 지은 것으로 추정된다. 김정희는 왕실의 외척(外戚) 출신으로서 예술적 천재성과 높은 학식을 바탕으로 한 시대를 풍미했다. 이런 그가 모진 세파에 떠밀려 구덩이에 떨어진 신세가 되자, 유유히 흘러가는 강물을 바라보며 감지유행을 다짐하고 있는 것이다.

여기서의 '멈춤[止]'은 바로 체념(諦念)의 지혜이다. 오늘날 체념이라는 단어는 주로 모든 것을 단념한다는 부정적인 뜻으로 쓰인다. 그런데 체념에는 '진리를 깨닫는 마음'이라는 뜻도 있다. '지금 일어나는 생각[念]'을 '알아차리고 자세히 살핀다[諦]'는 의미가 담겨 있는 것이다.

체념이란 삶의 진리를 깨닫는 것이다. 포기와 굴복이 아니라, 최악의 상황에서 자신의 힘을 거두어 보존하기 위한 능동적인 선택이다. 세상일은 내 뜻대로만 되는 것이 아니며, 지나간 일은 돌이킬 수 없다는 진리를 깨달아, 안달복달하고 애걸복걸하는 행위를 멈추는 것이다. 더 이상 내가 어찌할 수 없는 현실을 직시하고, 처한 상황을 과감히 수용하는 것이다. 이렇게 될 때 비로소 자신을 해치지 않는 건강한 성찰과 반성이 가능하고, 삶의 전환을 가져다주는 새로운 가능성이 싹튼다. 마치 추사 김정희의 독보적 서체(書體)인 '추사체'가 제주도 귀양살이에서 성립되었던 것처럼 말이다.

헤어나기 힘든 구덩이에서는 벗어나려고 발버둥칠수록 더욱 깊은 수렁으로 빠져들고 만다. 바다로 나아가는 물길의 여정과 같은 세상살이에서 뜻하지 않은 구덩이를 만났다면, 때로는 물이 차오를 때까지 체념할 줄도 알아야 한다. [이국진]

관광객과 현지인을 구분하는 방법

외나무 흔들흔들 여울 위에 걸쳤으니
물결 위 걷는 모습 보기에도 조마조마
마을 사람 발과 마음 익숙해져서
평지를 지나는 듯 자세히 보지 않네

一木搖搖跨石灘 望來惟恐蹈波瀾
居民足與心曾熟 如過平途不細看

– 안축(安軸, 생몰년 미상),
〈삼척서루 여덟 경치, 물 위에 놓인 나무다리[三陟西樓八詠 臥水木橋]〉, 《근재집(謹齋集)》

멋진 경치 여덟 개를 골라 지은 팔경시(八景詩)는 중국에서 유래해 우리나라와 일본에까지 유행했다. 많은 시인과 화가들이 제각기 추천하는 장소 또는 그 장소에서만 볼 수 있는 멋진 순간 여덟 개씩을 골라 시로 짓거나 그림으로 남겨두었다. 오늘날 전해지는 우리나라의 팔경시만 4천여 수에 달한다고 하니 팔경을 고르는 유행이 상당했고 그 기간 역시 짧지 않았음을 알 수 있다.

고려 후기 문인 안축은 강원도 삼척에 있는 죽서루에서 볼 수 있는 아름다운 경치 여덟 곳을 뽑아 각각 한 편의 시로 읊었다. 죽서루에서 볼 수 있는 멋진 풍경 베스트 8에서 시인 안축이 네 번째로 꼽은 곳은 누대에서 내려다보이는 냇물 위 흔들다리이다. 물결치는 여울 위에 흔들흔들 위태롭게 가로놓여 있는 이 다리는 지나가기가 좀처럼 쉽지 않다. 흔들다리를 한 번이라도 건너본 경험이 있는 사람이라면 한 발 한 발 주춤주춤 내디디며 걸음마다 진땀 뺐던 기억을 가지고 있을 것이다.

재미있는 것은 죽서루에서 이 흔들다리를 내려다보고 있는 시인의 시선이다. 시인은 죽서루에 기대어 서서 흔들다리 위를 건너는 사람이 관광객인지 현지인이지 대번에 짚어낸다. 이야기를 나눈 것도 아니고 심지어 멀리 있어서 거동도 희미하건만 흔들다리를 건너는 사람이 찾아온 자인지 사는 자인지 맞히는 것이 여간 신통하지 않다.

비법은 걸음걸이에 있다. 한 걸음 내딛기가 쉽지 않아 낑낑거리는 관광객들과 달리 현지인들은 흔들다리를 평지 지나듯 성큼성큼 거침없이 지난다. 이렇게 아무리 현지인처럼 차려입고 현지인 태를 내려고 해도 관광객은 따라올 수 없는 경지가 있는 것이다. 그래서 외지인, 관광객은 현지인 앞에서는 늘 풋내기다.

'마을 사람들[居民]'은 흔들다리 건너기에 있어서만큼은 달인이다. 고수(高手)와 달인(達人)은 모두 '뛰어난 사람들'을 뜻하지만, 왠지 고수는 '능력'과 닿아 있고, 달인은 '노력'에 가까운 듯하다. 조금씩 알게 모르게 꾸준히 노력하여 어느 순간 자신만의 노하우를 체득한 달인에게서는 연륜(年輪)이 느껴진다. 연륜은 순우리말로 '나이테'다. 한 해 한 해

나무에 둥근 테가 만들어지듯 하루하루 자신만의 노하우를 축적해가는 생활의 달인들이 많아졌으면 하는 바람이다. 비록 거창한 성과가 아니더라도 그들이 도달한 저마다의 경지를 함께 맛보며 살아가는 것만으로도 우리의 일상은 활력을 띠게 될 것이기 때문이다. [손유경]

어깨의 힘을 빼고 공을 던져라

•

마음먹고 꽃을 심었건만 꽃은 피지 않고
무심하게 버들을 꽂았더니 그늘을 이루었네

有意栽花花不發 無心揷柳柳成蔭.

-《증광현문(增廣賢文)》

•

야구 중계를 보다 보면 투수의 어깨에 힘이 너무 들어가서 컨트롤이 안 되거나 타자의 상체가 앞으로 쏠려 헛스윙을 한다는 해설을 들을 때가 있다. 이 두 가지 경우 모두 잘 던지고 잘 치고 싶은 마음이 지나쳐 나타나는 현상이다. 그런데 이런 심리 상태는 비단 야구를 비롯한 스포츠 경기에만 국한되지 않는다.

좋은 성과를 내야 하는 상황에서 잘하려는 마음이 지나쳐 일을 그르치는 경우가 종종 있다. 중요한 과제를 할 때 잡다한 생각으로 뜸을 들이다가 정작 부실한 결과물을 낸다거나, 남들 앞에서 발표나 공연을 할 때 평가를 의식해 과도하게 긴장하는 경우 등이 그렇다.

요컨대 잘하려는 마음이 지나쳐 잘해야만 한다는 부담으로 작용하면, 본인의 실력을 충분히 발휘할 수 없다. 그런데 이와 반대로 무심코 했던 일이나 될 대로 되라는 식으로 대충한 일의 성과가 의외로 좋을 때도 있다. 이 시는 이러한 아이러니를 말하고 있다. 그리고 이 속에는 이루려는 의도적 마음(욕심)이 크면 온전히 성취할 수 없다는 오랜 지혜가 담겨 있다.

"바닷가에 갈매기를 좋아하는 사람이 살고 있었다. 그는 매일 아침 바닷가에 나가 갈매기들과 어울려 놀았는데, 그에게 모여드는 갈매기가 200마리도 넘었다. 어느 날 그의 아버지가 부르더니 이렇게 말했다. '내가 듣기로는 갈매기가 너에게 내려와서 같이 어울려 논다고 하던데, 그 갈매기를 잡아 오도록 해라. 나도 갈매기와 어울려 놀고 싶구나.' 다음 날 아침에 그는 아버지의 부탁을 들어주기 위해 여느 때와 다름없이 바닷가로 나갔다. 그런데 갈매기들이 머리 위를 맴돌며 날기만 할 뿐 한 마리도 그의 곁으로 내려오지 않았다."

《열자(列子)》, 〈황제(皇帝)〉 편에 나오는 이 이야기는 잡겠다는 속마음을 숨기고 평소처럼 갈매기에게 다가갔지만 갈매기는 이미 그 마음을 눈치채고 더 이상 가까이 오지 않았다는 내용이다.

중국 전국시대의 사상가 열어구(列御寇)는 이 이야기를 통해 궁극적으로 무엇을 어떻게 하겠다는 마음을 잊으라고 말한다. 동양에서는 이렇게 무엇을 어떻게 하겠다는 인위적인 마음을 기심(機心)이라고 하여, 그 기심을 잊은 망기심(忘機心)의 상태를 지향했다.

현대 우리나라의 시민운동가이며 서화가이자 사상가였던 장일순(1928~1994) 선생의 일화 중에는 서예가인 제자와의 얘기가 있다. 일주일에 한 번 서울에 가서 서예를 배우던 제자는 늘 숙제를 제출해야 한다는 마음에 조급했다. 그런데 숙제 제출 바로 전날에 장일순 선생이 한사코 사양하는 제자를 불러내어 늦은 시간까지 함께 술을 마시게 되었다.

다음 날 의외로 숙제는 별 탈 없이 통과되었고, 훗날 제자는 당시 선생의 모습에서 다음과 같은 가르침을 얻었다고 한다. "잘 쓰려는 생각을 싹 버린 마음으로 쓰라는 것이었지요. 거기에 생각은 하나도 없고 다만 정성만이 있는 상태라고나 할까요." [이국진]

자연 안에 꼼짝없이 갇히다

•

좋은 비 날 붙들려 일부러 그치지 않아
창 너머로 하루 종일 강물 소리 들리네
好雨留人故不晴 隔窓終日聽江聲

– 신광한(申光漢, 1484~1555),
〈비로 길이 막혀 신륵사에서 이틀 밤을 묵다[阻雨信宿神勒寺]〉, 《기재집(企齋集)》

•

경기도 여주에는 원부리라는 마을이 있다. 한적한 시골 마을 앞으로 하천 물줄기가 졸졸 흐르는 이곳은 신광한이 1524년 기묘사화를 겪은 후 정쟁을 피해 14년간 은둔했던 곳이다. 500여 년의 시간이 지나면서 당시 '원형리 천민천'이라 불리던 곳은 '원부리 청미천'으로 이름이 바뀌었지만, 호젓한 시골 마을의 풍경은 반 천 년의 흐름이 무색하게 한결같다.

신숙주(申叔舟)의 손자 신광한은 이곳에 '할아버지를 닮기를 바란다'는 의미로 바랄 기(企) 자를 넣어 만든 기재(企齋)라는 이름의 집을 짓고 살았다. 기재에서 세월을 잊고 홀로 한가롭게 지내다가 계절의 변화를 맛보고 싶을 때면 신광한은 시내 한복판에 있는 절, 신륵사로 걸음을 옮겼다. 이 시 역시 봄날 신륵사를 찾았을 때 지은 시로 갑작스러운 비 때문에 돌아가지 못하고 발이 묶인 상황을 이야기하고 있다. 하지만 살다 보면 자연의 갑작스러운 변화가 기대하지 않았던 멋진 풍경을 선물할 때가 적지 않다. 신광한은 또 다른 시에서 이때의 상황에 대해 '이른 봄이라 꽃은 못 보고 스님들만 뵙고 가는 게 못내 안타까웠는데 하루저녁 봄바람이 비를 뿌리고 나니 시냇가 들판에 새벽노을처럼 알록달록 꽃이 가득하게 되었다'고 기록하였다.

자연 안에 꼼짝없이 갇혀 예정에 없던 외박을 하게 되었지만 싫지 않다. 이쯤 되면 자연이 꽃이 만개한 풍경을 시인에게 선사하고자 '일부러[故]' 비를 뿌려 시인의 길을 막았다고 생각할 만하다. 말 그대로 좋은 비[好雨]다. 갑작스러운 비 때문에 하루 일정이 틀어지기는 했지만, 그런들 어떠한가? 그 대신 봄꽃들의 향연을 만끽할 수 있게 된 것을.

과학이 발달하고 인간의 지식이 고도로 축적되어 우리는 자연을 예측하려 하고 때로는 조절하려고까지 한다. 하지만 여전히 자연이 마음 한번 크게 먹으면 우리는 그 앞에서 여지없이 케이오패다. 여름철, 오락가락 내리는 변덕스러운 빗줄기에 짜증내지 말자. 우산 좀 여러 번 접었다 폈다 하는 귀찮음쯤이야 즐겁게 감수하자. 고개를 들어 하늘 저편을 보다가 자연이 그려놓은 아름다운 무지개를 만날 수도 있다. [손유경]

설득의 기술

•

세수할 땐 물동이로 거울 삼고
머리 빗을 땐 물로 기름 삼지요
제 몸이 베 짜는 직녀 아닌데
낭군이 어찌 소를 끄는 견우겠어요

洗面盆爲鏡 梳頭水作油
妾身非織女 郎豈是牽牛

– 이옥봉(李玉峯, ?~1592), 〈원통함을 호소하는 사람을 위하여[爲人訟寃]〉, 《옥봉집(玉峯集)》

•

시인은 조선 중기 여성으로 서녀였는데, 시가 워낙 출중했다. 하루는 그녀에게 이웃집 여자가 찾아왔다. 남편이 소도둑으로 몰려 관아에 갇혔다는 것이다. 사정을 딱하게 여긴 시인은 대신 탄원서를 써주면서 시를 곁들였다. 시인은 서민의 가난한 삶을 은근하게 내비치면서 견우와 직녀의 전설을 끌어온다. 가난한 살림이라 '베 짜는 여자(직녀)' 되기도 쉽지 않으니, 남편이 어떻게 '소 끄는 남자(견우)'가 되겠느냐고 묻는 말에 재치가 묻어난다.

실제로 이웃집 여자의 남편은 소를 훔쳤을지도 모른다. 하지만 유머를 아는 시인의 시 한 편이 사또의 마음을 움직였다. 시의 어디에서도 '한 번만 봐달라'는 말은 보이지 않는다. 그렇지만 시를 읽고 나면 왠지 한번 봐주고 싶어진다. 결국 사또는 가난한 서민 부부의 정상을 참작하여 이웃집 남자를 풀어주었다.

문학이 가지는 골계(滑稽)의 아름다움이다. 골계란 '익살을 부리는 가운데 어떤 교훈을 주는 일'이다. 쉽게 말해 직접적으로 짚어 말하기 곤란한 것을 문학 작품 속에서 돌려 말하는 것이다. '이렇게 해야만 한다'라고 명령하고 훈계하는 것이 아니라 세련되고 유머러스한 이야기를 통해 상대를 무장해제시키는 것이다. 이야기를 듣고 판단하고 움직이는 자유는 100퍼센트 상대에게 있다. 글을 읽은 상대의 마음이 조금도 움직이지 않은들 할 수 없다. 그저 '마땅히 해야 한다[當爲]'는 판단에 더 이상의 여지는 없는지, 강박과 긴장을 풀어주는 역할만 담당할 뿐이다. 그런데 이것만으로도 뜻밖의 힘이 생긴다. 정색을 하고 쏟아내는 설득의 말보다 자유의지를 한껏 보장한 유머 한 조각이 생각을 기꺼이 바꾸게 하니 말이다.

〈칠보시(七步詩)〉라는 시가 있다. 중국 위(魏)나라의 초대 황제 조비(曹丕)가 동생 조식(曹植)을 몹시 미워하여 일곱 걸음 안에 시를 못 지으면 벌을 주겠다고 협박해 지었다는 시다. 동생은 일곱 걸음을 내딛으며 "콩 쪄서 국으로 만들어보고, 콩자반 걸러서 즙 내려는데, 콩대는 솥 아래서 타들어 가고, 콩은 솥 안에서 울고 있구나. 본디 한 뿌리에서 났는데, 불 때기 어찌 그리 급한가"라고 읊조렸다. 만일 동생이 "형님 왜 저를 미워하십니까? 마음을 돌리십시오!"라고 충고했다면 형의 시기 질투로 가득 찬 분노가 수그러들었을까? 형을 '콩대'에, 동생을 '콩'에 비유하며 은근하게 풍자한 시 한 수에 형의 마음은 절로 누그러졌다.

정색해야 주목하는, 큰소리 내야 바뀌는 게 요즘 세상이라고 한다. 하지만 때로는 유머 섞인 해학이, 은근한 풍자가 더 큰 울림이 될 수 있다. 무력과 협박에는 힘이 부족하여 수그리는 것이지 마음으로 따르는 것이 아니다. 진정한 변화는 능동적 수용에서 온다. [손유경]

혼돈 속의 편안

만물이 뒤섞여 구분되지 않는 때
천지가 나뉘기 이전의 상태일세
들리지도 보이지도 않는 진리의 세계에서
고요히 안석*에 기대노라

混混沌沌際 溟溟涬涬初
希夷眞世界 烏几靜憑餘

– 신흠(申欽, 1566~1628), 〈검은 가죽으로 감싼 안석[烏几]〉, 《상촌집(象村集)》

남해의 임금을 숙(儵)이라 하고, 북해의 임금을 홀(忽)이라 하며, 중앙의 임금을 혼돈(混沌)이라 한다. 숙과 홀이 자주 혼돈의 땅에서 만났는데, 혼돈이 그들을 매우 융숭하게 대접하자, 숙과 홀은 혼돈에게 보답할 방법을 의논했다.

"사람은 누구나 일곱 구멍이 있어서 그것으로 보고 듣고 먹고 숨 쉬는데, 이 혼돈에게만 없으니 구멍을 뚫어줍시다."

---

* 안석(案席): 앉을 때 몸을 기대는 방석.

그래서 날마다 한 구멍씩 뚫었는데, 이레가 지나자 혼돈은 그만 죽고 말았다.

《장자(莊子)》의 이 글에서 혼돈은 나누어짐과 구별이 생기기 전 태초의 세계를 상징한다. 중국의 창세신화에서는 빛과 형태가 없고 망막한 혼돈 가운데서 세상과 만물이 만들어졌다고 여겼다. 카오스 상태에서 코스모스의 세계가 생겨났다는 그리스 신화와 유사하다.

장자는 이 혼돈의 신화를 바탕으로 철학적 우화를 구성하였다. 아무런 구멍도 나 있지 않은 혼돈은 겉으로 볼 때 마냥 모호하고 답답해 보일 따름이다. 하지만 그 속에는 새로운 세계를 창조할 수 있는 무한한 가능성과 생명력이 내재되어 있다. 그렇기 때문에 이를 모른 채 인위적으로 일곱 구멍을 뚫는 순간 혼돈은 죽어버리고 만다.

조선 중기 문신 신흠은 이와 같은 혼돈의 섭리를 만끽하였다. 그래서 노자(老子)가 도(道)의 실체를 '들리지도 않고[希]', '보이지도 않는[夷]' 상태라고 설명한 바에 동조하며, 혼돈이야말로 진리의 세계라고 감탄한다. 굳이 무엇을 하려 하지 않고, 혼돈 속에서 한없이 이완되고 편안한 자세를 취하고 있다.

오늘날 사람들은 혼돈을 무질서하고 불편한 부정적인 상태로 인식하며, 빨리 벗어나거나 피하려고 애쓴다. 하지만 동서양의 신화나 《장자》에서 말한 바와 같이, 어쩌면 혼돈이야말로 무한한 가능성과 생명력을 지닌 진리의 세계일지 모른다. 실제로 현대 과학계에서는 카오스 이론이라고 하여 자연의 예측불가능성과 복잡성의 근원을 찾고, 그 혼돈의 질서를 탐구하고 있다. 혼돈의 질서는 인간 세상에도 적용된다. 사회 구성원의 다양한 의견과 가치를 인위적으로 통제하면, 건전한 사회성과 발전적 역량은 사라지고 만다.

그러므로 우리 개인의 삶이 혼돈스러울 때에도, 숙과 홀이 구멍을 뚫듯이 섣불리 해결하려는 노력만이 능사가 아닐 것이다. 때로는 혼돈의 상태에 무한한 가능성과 생명력이 있음을 믿고, 차분하게 순응하며 기미를 살펴보면 어떨까?

혼돈은 새로운 단계로 나아가기 위해 반드시 필요한 과정이며, 변화의 역동이 일어나고 있는 상태일 테니 말이다. [이국진]

꿈, 의식과 무의식의 대화

인간사 모든 일이 마음과 어긋나
강가에서 낚시할 계획도 글렀는데
하룻밤 꿈속 넋이 이 일을 이루었으니
갈대꽃과 안개비가 도롱이를 흠뻑 적셨다네

人間百事與心違 江漢垂綸計亦非
一夜夢魂能辨此 蘆花煙雨滿蓑衣

– 권필(權韠, 1569~1612), 〈꿈을 적다[夢記]〉, 《석주집(石洲集)》

2500여 년 전 중국 최초의 시가집인《시경(詩經)》에는 태몽 풀이에 대한 노래가 기록되어 있다. 공자(孔子)는 자신이 존경하고 사모하던 주공(周公)이 더 이상 꿈에 나오지 않는다고 한탄했으며, 장자(莊子)는 자기가 나비의 꿈을 꾸었는지 나비가 자기의 꿈을 꾸었는지 모르겠다는 아리송한 일화를 들어 철학적 메시지를 전달하였다.

이 외에도 고전문학에는 꿈에 신선이 되어 천상계를 다녀오거나 애틋한 사랑을 나누거나 환상적인 모험을 겪는 이야기가 많다.

시대가 변해 꿈속의 장면은 현대적으로 바뀌었지만, 꿈의 패턴은 예나 지금이나 크게 다르지 않다. 우리는 어떤 때는 식은땀을 흘릴 만큼 공포를 느끼는 장면을, 때로는 롤러코스터를 탄 듯 스펙터클한 세계를 꿈을 통해 경험한다. 또한 꿈속에서 뜬금없이 누군가가 나타나거나 한 번도 생각해본 적 없는 상황이 펼쳐져 의아할 때도 있다.

이처럼 꿈은 신비로운 현상이다. 그래서 동양에서는 오래전부터 다양한 해몽(解夢)의 사례가 전해져왔다. 특히 《주례(周禮)》, 〈점몽(占夢)〉에서는 정몽(正夢), 악몽(噩夢), 사몽(思夢), 오몽(寤夢), 희몽(喜夢), 구몽(懼夢)으로 구분해 꿈을 보다 체계적으로 이해하고자 했다. 오늘날에는 프로이트와 융 등의 선구적인 노력에 의해, 꿈이란 의식과 무의식의 반영이며 꿈을 통해 내면의 진실을 이해할 수 있다는 사실이 보다 과학적으로 밝혀졌다.

이 시의 작자 권필이 꾼 꿈은 갈대밭에서 안개에 흠뻑 젖어 낚싯대를 드리우고 있는 장면이 전부다. 권필은 이 대수롭지도 않은 일을 현실에서 간절히 소망하였으나 끝내 이루지 못하였다. 이 꿈은 왜 시로 남길 만큼 권필에게 특별했을까?

권필은 임진왜란 직후 권모술수가 횡행하는 정치 현실과 부조리한 사회에 환멸을 느껴 평생 동안 시 창작으로 세상에 저항한 인물이다. 결국 광해군의 외척들이 자행하는 횡포와 아첨만 떠는 벼슬아치들을 비꼰 궁류시(宮柳詩)를 지었다가 발각되어, 혹독한 매질을 당하고 귀양길에 오르게 된다. 온몸이 만신창이가 된 권필은 들것에 실려 동대문

밖 여관으로 옮겨진 뒤, 벗들이 주는 전별주를 폭음하고는 장독(杖毒)이 올라 44세의 나이로 죽었다고 전해진다.

이와 같은 작가적 배경을 고려하면, 이 시에서 권필의 비분강개한 의식 이면에 드리운 외롭고 쓸쓸한 내면, 누구보다 평범하고 평화로운 일상을 갈망했으나 차마 그럴 수 없었던 자아상을 만나는 듯해 안타까움이 더해진다.

권필은 아마도 꿈에서 깬 뒤 반가운 마음과 쓸쓸한 마음이 교차하는 가운데 시를 썼을 것이다. [이국진]

내가 있을 곳은 어디인가

누가 이 황량한 들판에도
예쁜 꽃떨기 있는 줄 알까
誰知荒草野 亦有好花叢

– 정습명(鄭襲明, ?~1151), 〈패랭이꽃[石竹花]〉, 《동문선(東文選)》

이 시구는 나를 알아줄 사람에 대한 열망으로 읽히기도 하고 세상으로부터 인정받고 싶다는 소망처럼 느껴지기도 한다. 이 시의 한탄을 예사로 흘려들을 수 없는 것은 우리가 성공 신화에 흠뻑 빠진 현대인이기 때문만은 아니다. 사람은 누구든 자기 존재를 인정받고 싶어 한다. 자기 분야에서 나름의 성취를 하고 싶고 큰 성공을 거두고도 싶다.

내가 혹시 갖고 있을지도 모르는 잠재력을 누군가가 발견하고 인도해주기를 바란다. 그러나 동시에 모든 사람이 다 성공하고 유명해질 수도 없는 노릇이다.

우리는 머릿속으로는 이 시구에 동의할 수 있다. 세상 사람들이 모란꽃을 좋아한다고 해서 모란꽃만 예쁜 것이 아니라는 것을. 패랭이꽃도 진달래꽃도 또는 이름 없는 풀꽃도 나름의 아름다움을 가지고 있다는 것을. 사람도 마찬가지로 누구에게나 나름의 재능이 있고 나름의 인생이 있을 것이다. 꼭 자기가 하는 일에서 두각을 보이지 못한다고 해서 실패한 인생이 아니라는 것을, 인간이 살아가는 궁극적인 목표는 각자의 행복에 있다고 스스로를 위안할 줄도 안다.

그러나 마음만 그럴 뿐 우리가 세상의 흐름과 동떨어져 살기란 너무나 어려운 일이다. 좋은 학교, 좋은 직업, 좋은 집 같은 행복의 조건들은 여전히 유효하다. 그 시대에 유행하는 패션이나 취향, 기호조차도 외면하기 어려운 일이니까.

그러니 대부분의 사람들이 인정하는 삶의 표준에서 멀어진다는 것은 상당한 용기와 인내가 필요하다. 우리는 행복한 인생이 하나의 길 위에 있지 않다는 것을 잘 알고 있지만 무리를 이루며 가는 물고기 떼처럼 쉽게 세상의 흐름을 벗어나지 못한다.

무리를 벗어나 자기만의 길을 간다는 건, 세상의 흐름에서 초연하게 자기 자리를 지킨다는 건 힘든 일이다.

그래서일까. 역설적이게도 이 시를 지은 정습명도 마찬가지였다. 세상 사람들은 모란꽃만 좋아해서 뜰 안 가득히 심으면서 외딴 곳의 패랭이꽃 몰라준다고 한탄했던 그는 아리따운 자태를 농부에게 부친다는 마지막 구절과는 달리 야심을 실행에 옮겼다.

《파한집(破閑集)》에 전하는 일화에 따르면 정습명은 대궐 앞에서 이 시를 읊었고, 시는 곧 궁중으로 전해져 예종의 귀에도 들어갔다. 예종은 이 시를 듣고 정습명을 옥당(玉堂)의 관원으로 임명했다고 한다. [이은주]

우주를 가두고 큰 바다 기울여서

•

손가락 튕기니 곤륜산 박살나고
숨 한 번 내쉬니 땅덩어리 산산조각
우주를 가두어 붓끝에 옮겨보고
큰 바다 기울여 벼루에 쏟아 붓네

彈指兮崑崙粉碎 噓氣兮大塊紛披
牢籠宇宙輸毫端 傾寫瀛海入硯池

– 장유(張維, 1587~1638), 〈큰소리[大言]〉, 《계곡집(谿谷集)》

•

젊을 때는 큰 꿈과 야망이 필요하다. 나이가 들수록 꿈은 알아서 왜소해지기 때문이다. 소시민을 꿈꾸면 소시민처럼 살지도 못한다. 때로는 삶에서 커다란 족적을 남긴 사람들을 한번쯤 닮고자 하는 노력도 필요하다. 그들과 똑같아질 수는 없어도 지금보다 더 나은 사람이 되어 있을지도 모른다.

위험이 존재하지 않는 길은 없다. 실패가 두려워서 소심한 행보를 거듭한다면 커다란 실패도 있지 않겠지만 커다란 성공도 있을 수 없다. 젊은이에게 필요한 것은 실패하지 않는 것이 아니라 실패를 두려워하지 않는 배짱이다. 잃을 것도 없으니 무서울 것도 없다. 그러나 나이가 들수록 삶이 점점 무서워진다. 그나마 갖고 있는 것을 잃고 싶지 않아서이다.

현애살수(懸崖撒手), 즉 벼랑에서 손을 놓아라. 이 말은 다 포기하라는 뜻이 아니라, 아무것에도 집착하지 말라는 뜻이다. 이러한 용기가 삶에서 종종 필요하다.

손가락을 한 번 튕기니까 높고 험한 곤륜산이 단박에 박살이 나고, 숨을 한 번 내쉬니까 커다란 땅덩이가 산산조각난다. 붓끝으로 우주를 써 내려가고 벼루에다 큰 바닷물을 쏟아놓는다. 이 얼마나 시원한 말인가.

차라리 풀 죽은 모습보다는 허풍이라도 떠는 모습이 낫다. 젊다면 이러한 기개나 근성이 아름답고 또 용납이 된다.

요즘은 남자들도 외모에 여자 못지않게 공을 들인다. 여성 화장품에 버금갈 만하게 다양한 남성 화장품이 나와서 외모 치장에도 열을 올린다. 초식남(草食男)이라는 말이 나올 정도로 과거의 남성상과는 사뭇 달라졌다. 그렇다고 마초 같은 남자가 꼭 좋다는 말도 아니다. 가부장적이고 제멋대로인 남성은 이제 설 곳이 없기 때문이다. 진정한 남성다움이란 큰 포부나 배짱이 아닐까.

어떤 높은 사람 앞에서도 당당하고, 어떤 자리에서도 주눅 들지 않는 자세 말이다. 잃어버린 야성(野性)이 어느 때보다 절실한 요즘이 아닐까. 한번쯤 술기운을 빌려 드러내는 호기가 아니라, 평소 가슴 한편에 이러한 뜨거운 마음 하나 지니고 사는 것도 필요해 보인다. [박동욱]

일상의 무한변주

•

성긴 나무에 소나기 스치더니
성은 노란빛, 무지개 걸린 듯
낫 들고 얽힌 덩굴 베면서
기꺼이 김매는 영웅 되련다

樹豁俄吹雨 城黃始揷虹
揮鎌除架蔓 甘做圃英雄

– 이덕무(李德懋, 1741~1793), 〈가을날 경치[秋日卽事]〉, 《청장관전서(靑莊館全書)》

•

선선한 바람이 불고, 볕도 적당한 가을이면 지루한 일상을 벗어나고픈 바람이 생긴다. 나를 낯선 공간 속에 놓아두면 그 갈증은 해소되려나? 이 로망에 가까운 '일상 탈출'의 욕구를 물리치기가 쉽지 않다. 혹시 우리는 새로운 경험을 강하게 원한다기보다 평범한 일상의 반복을 견디지 못하는 게 아닐까. 권태, 지루함, 무료는 꼭 깨뜨려야 할 대상일까 하는 의심도 든다.

생각해보면 많은 사람들이 매일 자극을 찾는 데 집중한다. 스마트폰의 실시간 정보를 확인하는 이들, 게임에 몰두하는 아이들, 과장된

드라마, 강한 언어 표현에서 확인할 수 있다. 그야말로 버트런드 러셀(Bertrand Rusell)이 지적했던 '권태를 두려워하는 삶'이 여실히 느껴지는 부분이다.

10년 전의 일상은 지금보다 지루했으며, 300년 전 어느 선비의 일상은 우리가 상상할 수 없을 정도로 권태로웠을 것이다. 그럼에도 우리는 일상으로 찾아드는 지루함, 무료를 그들보다 더 못 견뎌 하고 불안해한다.

여기, 반복된 일상을 무한변주한 조선의 한 선비가 있다. 간서치(看書癡), 즉 '책만 읽는 바보' 이덕무이다. 그의 시 가운데는 평범한 일상의 즐거움을 섬세한 시선으로 묘사한 것들이 많다.

가을빛 완연한 어느 날, 그는 시를 한 수 지었다. 특별할 것 없는 한 선비의 가을 하루지만, 노란 단풍 든 산밭에서 영웅의 호기로움을 얼마든지 느끼고 있다. 기분에 취한 과장일 수 있다. 하지만 일상의 단조로움을 변주하는 것은 결국 강력한 외부의 자극이 아님을 추측케 한다.

한 시대를 풍미한 위대한 문인, 사상가들은 너나없이 지루하다 싶을 정도의 조용한 생활을 즐겼다. 소크라테스의 산보, 칸트의 칩거가 그러했다. 연암 역시 연행(燕行)을 제외한 나머지 일상은 조용하지 않았던가.

지금의 젊은 세대에게 반복되는 생활의 지루함과 심심함을 이겨내는 힘이 부족한 건 명백한 사실이다. 자극이 무조건 나쁘다는 말은 결코 아니다. 삶을 환기시켜주는 긍정적 요소도 얼마든지 있다. 하지만 문제는 일상에 기반을 두지 않은 자극 추구에 있다는 것이다. 더구나 요즘은 스스로 힘들게 찾지 않아도, 외부적 쾌락이 쉽게 주어지는 세상이다.

300년 전의 그들이 '즐겼던' 평범함을 우리는 견뎌내기도 힘들다. 아이러니하게도 멀리 향해 있던 시선을 거두어 주변으로 돌리면 즐거움의 범주는 배가된다. [김영죽]

내 새끼들을 위하여

•

농가의 젊은 아낙 먹을 것 떨어지니
빗속에 보리 베어 풀섶 사이 돌아오네
생나무 습기 먹어 연기조차 일지 않고
들어서자 아이들은 옷깃 끌며 우는구나

田家少婦無野食 雨中刈麥草間歸
生薪帶濕烟不起 入門兒女啼牽衣

– 이달(李達, 1539~1612), 〈농가 이야기[田家行]〉, 《손곡시집(蓀谷詩集)》

•

식당에 세 모자가 들어온다. 엄마의 수중에는 짜장면 한 그릇 값밖에 없다. 짜장면 한 그릇을 시켜놓고 아이들만 먹인다. 엄마는 흐뭇하게 쳐다볼 뿐 짜장면에 손을 대지 않는다. 아이들은 묻는다. "엄마는 왜 안 먹어요?" 엄마는 대답한다. "난 아까 뭐 좀 먹어서 배가 불러." 드라마나 책에 단골로 등장하는 익숙한 정경이다. 감동스럽기는 하지만 어쩌면 너무나 당연한 이야기다. 어느 부모가 그런 상황에서 젓가락을 든단 말인가.

굶는 자식을 지켜보는 일만큼 고통스러운 일도 없을 것이다. 논에 물들어가는 소리와 자식 입에 음식 넘어가는 소리가 가장 듣기 좋은 소리라는 말도 있지 않은가. 부모라면 자식을 잘 입히고 잘 먹이려고 애쓴다. 조금이라도 더 안락한 상황에서 키우고 싶어서이다. 부모는 최소한 자식들의 의식주를 책임질 수 있어야 한다. 그것은 부모의 원초적 의무이자 행복이다.

여기 한 아낙이 있다. 아이들은 굶주림에 지쳐 엄마에게 먹을 것을 달라 보챈다. 엄마는 큰 결심이나 한 듯 참다못해 빗속에 길을 나선다. 보릿고개에 먹을 것이라곤 여물지 않은 풋보리밖에 없지만 그거라도 베어 먹일 작정이다.

땔감으로 주워 온 나무들은 잔뜩 물기를 머금어 불이 붙을 생각을 하지 않는다. 땔감에 불이 붙지 않으니 연기가 피어오를 리 만무하다. 주변의 도움이 끊긴 절박한 가족의 모습이다. 겨우 풋보리 조금 베어 오니 아이들은 득달같이 달려와서 엄마 옷을 잡아끌며 배고프다 울어댄다. 빗물인지 눈물인지 자꾸만 앞을 가린다.

유년기에 겪은 가난의 기억은 선명하게 남는다. 그것이 극빈(極貧)이라면 더더욱 그러하다. 처음에는 가난을 인지하지도 못하다가 또래와의 비교 속에서 자신의 가난을 깨닫게 된다. 남들도 그런 줄 알다가 자신만 그런 줄 알았을 때의 생경함이란…….

부모는 자식에게 무언가 해줄 수 없어 늘 안타깝고, 자식은 부모의 심정을 알면서도 여전히 야속하다. 가난은 가족의 유대를 견고히 다지기도 하고 가족의 해체를 재촉하기도 한다.

부모는 자식을 위해 자신의 능력을 넘어서는 노력을 한다. 자식은 세상을 버틸 힘과 세상의 모든 무게를 함께 얹어준다. 세상 살기가 아무리 어려워도 여전히 세상을 살아갈 힘은 가족이다. 오늘도 수많은 가장들이 외부의 도움이 끊긴 절박한 가난 속에서 행여나 남아 있을 행복과 행운을 찾아 나선다. [박동욱]

겪게 되면 그제야 알게 되리라

•

애야, 네 아이 키우게 되면
그때야 저절로 알게 되리라

兒乎養汝兒 然後當自悉

– 이문건(李文楗, 1494~1567), 〈학질을 앓아서[兒瘧嘆]〉, 《양아록(養兒錄)》

•

이 시는 16세기 문인 이문건이 쓴 손자의 육아일기《양아록》에 실린 글이다. 아픈 손자를 보면서 애탔던 할아버지는 손자가 자신의 마음을 알아주기를 바란다. 그런데 이 구절은 비단 이 상황에만 국한되지 않는다.《양아록》전편에 걸쳐 가장 인상적인 장면들은 손자를 엄하게 훈육하는 할아버지의 모습인데, 할아비의 마음을 알아줬으면 하는 소망은 오히려 매와 꾸지람이 가득한 그런 장면에서 더 절실했을 것이다.

우리가 그동안 수도 없이 들은 말이 있다. 해달라는 걸 안 해준다고 칭얼거릴 때, 나만 미워한다고 토라질 때 부모님은 딱하다는 표정으로 이렇게 말하셨다. "네가 부모가 되면 너도 부모의 마음을 알 수 있을 거야."

대개 자식에 대한 애틋함이나 그리움의 표현보다는 부모와 자식이 갈등을 빚을 때 더 자주 나오는 말이기도 하다. 자식에 대한 미안한 감정과 다소간의 서운함, 부모와 자식 간에 일상적으로 벌어지는 문제들이 고스란히 담겨 있다. 기대하는 만큼 잘 자라주기를 바라는 부모의 마음과 있는 그대로 자신을 인정해주기를 바라는 자식의 마음. 이 둘 사이의 어긋남은 모든 부모와 자식들이 피할 수 없는 숙명일지도 모른다.

일반적으로 할아버지는 손자에게 자애로운 감정을 품기 마련이지만 이문건은 을사사화로 성주에 유배된 신세였고 자식들이 대부분 요절하거나 온전치 못했기 때문에 집안을 이을 유일한 아이인 손자에게 마냥 여유로울 수 없었다. 손자가 태어난 뒤 걸음마 연습을 하고 병을 앓는 등의 모든 행동을 낱낱이 기록한 할아버지의 마음은 초조함으로 가득 차 있다. 그러나 어린아이가 늘 그 기대에 부응할 수는 없는 노릇이다. 손자는 커갈수록 할아버지의 기대에 미치지 못했다.

이문건은 손자가 욕설을 한다고 실망하고, 되바라졌다고 실망하고, 반항하고 쉽게 화를 낸다고 실망했다. 손자가 기대에 부응하지 못할 때 이문건의 대답은 꾸지람과 매였다. 그러나 언젠가 이문건이 "할아비와 손자가 둘 다 실수하여 그칠 때가 없으니 필시 할아비가 죽은 뒤에야 끝나려나 보다"라고 썼듯이 자신이 바라는 손자를 매와 꾸지람만으로 만들어낼 수는 없었다.

우리는 많은 지식을 직간접으로 보거나 들어서 안다고 생각한다. 그렇지만 사실 인간은 직접 겪은 것만을 진정으로 알 뿐이다. 많은 사람들이 부모가 되어서야 부모의 마음을 알게 되었다고 토로하지만, 자신의 부모가 겪은 고충을 다 알 수는 없다. 그저 그 마음만 알게 될 뿐이다.

자식으로서 있는 그대로 나를 인정해주기를 원하고 자유롭게 살고 싶다가 어느덧 부모가 되고서야 자신 또한 아이 키우기에 부심하는 부모의 마음을 갖게 된다.

"네가 부모가 되면 내 마음을 알 수 있을 거야"라고 말하고 싶다면 "나를 있는 그대로 인정해주면 좋겠어", "내가 원하는 일을 하고 싶어" 같은 어린 시절의 내 목소리도 다시 떠올려야 한다. 인간은 직접 겪은 것만을 진정으로 알게 되는 존재이지만 입장이 달라지면 쉽게 예전의 기억을 잊기도 하니까. [이은주]

날 위해 울지 말아요

이 세상에서의 좋고 싫은 생각들
하나도 가슴에 맺힌 것이 없습니다
在世好惡念 無一掛胸臆

– 남효온(南孝溫, 1454~1492),
〈자신의 만사* 네 편을 지어 점필재 선생께 올리다[自挽四章 上佔畢齋先生]〉, 《추강집(秋江集)》

누군가가 세상을 떠난 뒤 그 사람을 기억하는 모습은 의외로 다양하다. 우리의 생각이나 모습, 행동이 변하기 때문이기도 하지만, 수많은 사람들이 다양한 관점으로 우리를 기억할 뿐만 아니라 어떤 경우에는 특별한 사건이나 어느 순간의 나만을 기억하기 때문이다.

때로는 단편적인 부분이 전체적인 모습으로 기억되기도 하고, 때로는 작은 실수나 선행을 통해 '마치 내 모습이 아닌 것처럼' 기억되는 경

* 만사(輓詞): 죽은 이를 슬퍼하여 지은 글.

우도 있다. 그래서 사람들은 누군가가 나를 기억해주기를 바라는 만큼이나 내가 원하는 모습으로 사람들에게 기억되고 싶어 한다. 왜곡된 내 모습이 기록으로 남고 남아 후대까지 이어진다는 것은 필시 악몽이 될 것이다. 사람들이 생전에 자신의 묘지명을 짓는 이유도 이 점과 무관하지 않을 것이다.

그러나 남효온이 자신의 만사를 아주 긴 편폭으로 써 내려간 것은 좀 다른 이유였다. 남효온은 자신의 만사 네 편을 지어 스승 점필재(佔畢齋) 김종직(金宗直) 선생에게 보냈다. 왜 하필 스승에게 이 시를 보냈을까. 자신의 진정을 알아주길 바란 단 한 사람이 김종직이었던 모양이다.

남효온의 생애는 함께 생육신(生六臣)으로 꼽히는 김시습(金時習)만큼이나 고독하고 쓸쓸했다. 남효온은 25세였던 1478년에 단종의 어머니 현덕왕후(顯德王后)의 능인 소릉을 복위해야 한다는 내용이 들어간 상소문을 올렸고 사람들에게 '미친 사람[狂生]'이라 지목당한다. 1480년 한 차례 진사시에 응시하여 합격하지만 이후 소릉 복위가 무산되면서 외로운 삶이 시작되었다. 그는 39세로 세상을 떠날 때까지 전국 각지를 돌아다니며 분노와 우울함을 달랬다.

살날이 얼마 남지 않았음을 직감하고 써 내려간 이 시의 내용은 정작 자신의 과거를 반추하기보다 자신의 죽음과 그 이후를 상상하고 있다. 지독히 가난하게 살다가 막상 죽음을 맞이하게 되었을 때 온갖 벌레들이 날아들고 해진 거적이 나를 뒤덮는 참담한 풍경이 펼쳐져도 결코 슬퍼하지 않으리라는 내용이다.

살았을 때는 못생긴 외모에 집안이 가난했고, 미치광이라 불리기도, 꼿꼿하여 높은 사람들에게 미움을 받기도, 가난한 탓에 발꿈치에 돌이 닳고 서까래가 이마를 때릴 정도였다며 농담 섞인 하소연을 늘어놓는다. 나아가 옥황상제의 은혜를 받아 명성을 사방에 떨치게 된다고 자랑할 때 우리는 이 유언장에서 남효온이 말하려던 것을 어슴푸레하게나마 깨닫는다.

그는 현실을 알고 있었다. 적막한 죽음, 어두운 하늘에 흰 상여, 그리고 마흔도 안 되어 세상을 뜬 조카를 떠나보내면서 백부와 숙부가 처량하게 뒤를 따르는 시의 마지막 장면은 곧 현실이 될 것이다. 그때 자신의 짧고 고된 삶을 슬퍼할 사람들에게 들리지 않는 목소리로, 그러나 생전에 써두었던 이 시로 담담히 말을 건네리라. 나는 하늘 위에서 영원히 즐겁게 있을 테니 슬퍼하지 말라고. [이은주]

마음 근육 키우기

•

누런 탁류 넘실대면 형체를 숨겼다가
물결 잔잔해지자 분명히 드러나네
어여쁘다, 저렇게 치고받는 물결 속에서도
천년 동안 너럭바위는 움직이지 않았네

黃濁滔滔便隱形 安流帖帖始分明
可憐如許奔衝裏 千古盤陀不轉傾

– 이황(李滉, 1501~1570), 〈너럭바위[盤陀石]〉, 《퇴계집(退溪集)》

•

이 시는 퇴계 이황이 61세에 도산서당에서 읊은 〈도산잡영(陶山雜詠)〉 중 한 수다. 이황은 탁영담(濯纓潭)이라는 개울 가운데 자리한 넓적하면서 윗면이 비탈진 바위의 위용을 찬탄의 눈길로 묘사하였다.

일반적으로 이 시는 혼탁한 시대를 만나서는 그 모습을 숨겼다가 잘 다스려지는 세상이 오면 비로소 모습을 드러낸다는 처세관, 고난과 어려움 속에서도 흔들리거나 굴복하지 않는 선비 정신을 대변한다고 평가된다.

이황은 조선 중기 4대 사화(士禍)의 한가운데 살면서도 참혹한 권력

투쟁의 소용돌이에 휩쓸리지 않고, 한평생 인격 수양과 학문 탐구에 매진했던 자신의 삶을 너럭바위에 투영하며, 앞으로도 변함없는 고결한 삶을 다짐했을 것이다.

그렇다면 이황의 이런 인격은 어떻게 가능했을까? 평소 '경(敬)'의 정신에 입각하여 마음을 수양했기 때문이다. "대저 사람이 학문을 할 때는 일이 있거나 없거나 생각이 있을 때나 생각이 없을 때나 오직 마음을 경에 두어서 움직일 때나 고요할 때나 경을 잃지 않아야 합니다. 이렇게 되면 생각이 생기지 않았을 때는 마음이 텅 비고 광명해져서 마음의 근원이 심원해지고 순수해지며, 생각이 생겼을 때는 사물의 합당한 도리가 환하게 드러나고 물욕이 물러나 복종하므로 마음이 번잡해지는 근심이 점차 줄어들게 됩니다."(〈김돈서에게 답함〉에서).

'경(敬)'이란 공경하다, 우러르다, 삼가다라는 뜻을 지닌 한자다. 즉 마음을 경에 둔다는 것은 마음을 한곳으로 모아 다른 곳으로 흩어지지 않게 하고, 늘 깨어 있는 마음을 유지한다는 뜻이다. 이황은 마음을 차분하게 한곳으로 모아 저절로 고요하게 하고, 생각과 감정과 느낌의 변화를 알아차려 변화무쌍한 마음의 주인이 됨으로써 도덕성을 고양하고 인격을 함양하였다.

오늘날 마음 근육을 키워야 한다는 논의가 활발해지고 있으며, 국내외 많은 기업, 의료 기관, 운동선수들이 동양의 명상법을 현대적 관점에서 도입하고 있다. 이들은 운동을 통해 신체 근육을 단련하듯이 마음의 근육을 단련하면 스트레스에 대한 저항력과 회복력이 향상되고 판단력과 창의성이 높아진다고 강조한다.

명상 전문가들은 평소 간단한 방법만 꾸준히 실천해도 마음 근육을 키울 수 있다고 말한다. 예를 들면 컴퓨터를 부팅할 때나 횡단보도에서 신호를 기다릴 때, 생각이 복잡해서 갈피를 잡기 어려울 때 잠시 내 호흡에 집중하는 것만으로도 마음이 한결 차분해지고 명료해진다는 것이다. 또한 외부의 자극으로 생각과 감정의 동요가 일어날 때, 그것을 자각하는 연습을 통해 조금씩 동요되는 정도가 줄어들 수 있다고 설명한다.

이 점에서 이황의 이 시와 마음 수양법은 모진 세파를 꿋꿋이 견뎌내고 평온한 일상을 유지하고 싶은 현대인들에게도 좋은 본보기가 된다. [이국진]

그때 그 사람들,
반 넘어 티끌 되어

•

분성에 와 벼슬한 지 스무 해 되었나니
처음 올 적 노인들 반나마 티끌 됐네
서기(書記)부터 시작하여 원수(元帥)가 되었으니
지금 와서 세어보면 몇 사람 있겠는가

來管盆城二十春 當時父老半成塵
自從書記爲元帥 屈指如今有幾人

– 김득배(金得培, 1312~1362), 〈김해객사에 쓰다[題金海客舍]〉, 《동문선(東文選)》

•

인생은 참으로 빠르다. 순식간에 세월은 지나가고 잠깐 사이에 나이는 들어간다. 삶이 조금 지루할 만큼 속도감이 없더니, 금세 정신을 차릴 수 없을 만큼 빨리 흐른다.

어느덧 마흔이 훌쩍 넘었다. 20년 전에 20대였는데, 20년 후에는 60대가 된다. 지나간 세월의 속도를 생각해볼 때 남아 있는 시간들도 어쩌면 그렇게 허망하게 지나갈지도 모른다는 위기감이 든다. 자칫 허송세월로 인생을 탕진하여 삶의 마지막 순간을 맞을지도 모를 일이다. 그러니 하루하루가 절박하지 않을 수 없다. 하루를 흘려보냈다면 하루 일찍 죽는 셈이다.

사람의 감정도 날마다 바뀌어간다. 가슴을 뜨겁게 했던 합일(合一)의 순간은 그리 오래가지 못한다. 공유했던 시간과 기억들은 세월 속에 무색하게 퇴색해버린다. 그 옛날 가까웠던 사람들도 돌아보면 예전의 감정이 아니다. 가끔 만나서 그 옛날에 친했다는 사실을 확인할 뿐이다. 우리의 만남은 예전에 얼마나 견고했는지 그리고 그 기억을 간직하자는 다짐만 반복한다. 세상에 변하지 않는 것이란 없어 보인다.

학회에 가면 세월의 흐름을 절감한다. 학위 과정 시절에 소장, 중진들, 또 기조연설을 하던 원로들까지 나이도 지위도 다양하기만 했다. 뒤풀이에 가면 또래끼리 같은 자리에 앉았다. 원로는 물론이고 중진들의 자리도 아득하고 멀리 있었다. 그들과의 대화도 어려웠고, 대화도 일방적인 격려나 훈계 정도에 그쳤다.

말석(末席)에 있었던 자리가 어느덧 상석(上席)에 가까워지더니 요즘에는 가끔 학회장과 겸상을 하는 때도 있다. 아직 학위 과정에 있는 학생들도 그 옛날 나처럼 우리 또래의 사람들을 아득하고 어려운 존재로 생각할 것이다. 그때의 원로들은 진작 퇴임을 했고, 소장들은 중진이 되었으며, 중진들은 원로가 되었다. 그렇게 한 세대가 지나고 새로운 세대가 자리를 이어받는다.

김득배는 분성에서 벼슬한 지 20년 만에 다시 그곳을 찾아왔다. 20년은 모든 것이 바뀌기에 충분한 시간이다. 처음에 왔을 때 본 어른들의 모습은 더 이상 찾아볼 수가 없다. 생각해보면 자신이 말단 관리에서 높은 자리까지 오른 짧지 않은 시간이었다. 이 시에는 누구나 공감할 세월의 무상감이 짙게 드러나 있다. [박동욱]

기나라 사람의 걱정

•

살아도 백 년을 못 사는데
늘 천 년 근심을 품고 사는가
낮 짧고 밤 길어 괴로우니
어찌 촛불 밝혀 놀지 않겠는가

生平不滿百 常懷千歲憂
晝短苦夜長 何不秉燭遊

– 작자 미상, 〈고시십구수(古詩十九首)〉 중 열다섯 번째, 《문선(文選)》

•

중국 한(漢)나라 말기의 작품으로 알려진 〈고시십구수〉는 《문선(文選)》이라는 책에 실려 있다. 작자는 알 수 없다. 한 사람이 모두 지은 것인지 여러 작가의 작품을 모은 것인지도 분명하지 않다. 다만 열아홉 수의 전체적인 주제가 인간의 정감이며, 이 시가 다섯 글자로 짓는 시의 시초가 되었다는 정도만 알려져 있다.

'기우(杞憂)'라는 말이 있다. 앞일을 쓸데없이 걱정한다는 뜻이다. 단어를 구성하고 있는 한자를 살펴보면 '기(杞)나라의 걱정'이라는 말인데, 하늘이 무너지고 땅이 꺼질까 봐 걱정하면서 먹지도 자지도 못했다는 기나라 사람의 이야기에서 유래했다. 우리는 살면서 숱한 걱정거리들을 마주한다. 잠시 생각이 머물렀다가 곧 사라지는 걱정이 있는가 하면, 곱씹어 생각할수록 그 무게가 늘어나 마음의 병까지 되는 걱정도 있다. 하지만 그중 과연 '기우'였던 것은 없었는지 돌이켜 생각해볼 필요가 있다.

캐나다의 심리학자 어니 젤린스키(Ernie J. Zelinski)는 《모르고 사는 즐거움》이라는 책에서 "대개 우리가 하는 걱정의 40퍼센트는 절대 현실에서 일어나지 않고, 30퍼센트는 이미 일어난 일에 대한 것이며, 22퍼센트는 무시해도 될 만큼 사소한 것들이고, 4퍼센트는 도저히 사람의 힘으로는 어떻게 할 수 없는 일"이라고 분석했다. 이를 신뢰한다면 우리는 결국 변화되지 않는 96퍼센트의 사안들을 고민하고 사느라 행복해질 수 있는 시간을 놓치고 있는 셈이다.

같은 맥락에서 이 시를 지은 시인도 '앞날에 대한 걱정'은 접어두고 '지금의 즐거움'을 누릴 것을 이야기하고 있다. 최근 기후 변화로 봄이 점점 짧아져서 봄을 채 음미하기도 전에 한여름 더위가 찾아온다는 신문 기사를 읽은 적이 있다. 기사를 접한 대부분의 사람들은 '이러다가 봄이 없어지면 어떻게 하지?'라는 걱정을 한다. 그런데 이렇게 생각하는 우리에게 시인은 "그래서 너에게 봄을 길게 만들 능력이 있어?"라고 넌지시 묻고 있다. 그리고 "그 걱정을 할 시간에 꽃놀이 한번 다녀오는 게 어때? 시간이 없으면 집 앞 화단에 핀 자그마한 꽃이라도 보면 좋을 거야"라고 제안한다.

과테말라에 살고 있는 마야인들은 '워리피플(Worry People)'이라는 조그만 나무 인형을 하나씩 가지고 있다. 그들은 자기 전에 그 '걱정인형'에게 자신의 걱정을 속삭이고 베개 아래 넣어두면 밤새 이 인형들이 걱정을 가져가 편안한 잠자리를 만들어준다고 믿는다.

생각하기에 따라 손가락 마디 길이의 작은 나뭇조각 하나가 걱정의 무게를 덜어준다. 모든 것은 마음먹기에 달려 있는 셈이다. [손유경]

김홍도, 〈금강사군첩-문탑〉

4부

찾아오는 벗 없는데 해 저물어 산그림자 길다

왜 말을 못하니

서글프다 가슴속의 끝없는 생각
만나고도 말 못 한 채 바로 헤어졌네

惆悵胸中無限思 相逢無語卽分離

– 정추(鄭樞, 1333~1382), 〈이도은에게[寄李陶隱]〉, 《원재고(圓齋稾)》

고려 후기의 시인 원재(圓齋) 정추(鄭樞)는 절친한 벗 도은(陶隱) 이숭인(李崇仁)을 만나기 위해 그가 은거하고 있던 가야산으로 찾아갔다. 오랫동안 만나지 못한 친구를 만날 기대에 부풀어 있었지만, 공교롭게도 이숭인은 집에 없었다. 정추는 이숭인이 돌아올 때까지 기다리기로 마음먹었다.

어느새 날이 저물고 달이 떴다. 희미한 달빛 아래 저 멀리 사람 그림자가 보였다. 집으로 돌아오는 이숭인이었다. 하지만 밤이 너무 늦었다. 이제는 정추가 떠나야 하는 시간이다. 두 사람은 회포를 풀 새도 없이 헤어져야 했다. 하고 싶은 말이 많을수록 말이 나오지 않는 법이다. 하고 싶은 이야기가 가슴속에 겹겹이 쌓여 있건만, 무슨 말을 먼저 꺼내야 할지 몰라 결국 아무 말도 하지 못하고 헤어지는 안타까운 심정이 잘 드러나는 시다.

《장자(莊子)》, 〈서무귀(徐無鬼)〉에 '불언지언(不言之言)'이라는 말이 있다. 말하지 않는 말이라는 뜻이다. 말을 하지 않으면 하고 싶은 말이 없기 때문이라고 오해하기 쉽지만, 항상 그런 것은 아니다. 사람들은 하고 싶은 말이 있어도 침묵을 지키는 경우가 많다. 말해도 소용없거나 말로는 제대로 표현할 수가 없기 때문이다. 이럴 때는 억지로 입을 열게 할 것이 아니라 말로 표현하지 않는 것을 주의 깊게 살필 필요가 있다.

사실을 전하려면 이야기가 길어질 수밖에 없지만, 감정을 전하는 데는 많은 이야기가 필요치 않다. 때로는 구구절절한 이야기보다 한마디 말이, 때로는 한마디 말보다 말 없는 눈빛이 마음에 와 닿는다.

말을 하는 것보다 들어주는 것이 중요하고, 입으로 나온 말을 들어주는 것보다 말하지 않은 말을 들어주는 것이 중요하다. '불언지언'을 들을 수 있는 사람만이 사람의 마음을 얻을 수 있다. [장유승]

고독의 품격

•

뭇 산엔 새 한 마리 날지 않고
길마다 사람 자취 사라졌네
외로운 배 안에 도롱이 걸치고 삿갓 쓴 늙은이
홀로 눈 내리는 찬 강에서 낚시질하네

千山鳥飛絶 萬徑人蹤滅
孤舟蓑笠翁 獨釣寒江雪

– 유종원(柳宗元, 773~819), 〈강설(江雪)〉, 《유하동집(柳河東集)》

•

현대인들은 각종 SNS와 모바일 메신저를 활용하며 생활하고 있다. 이제 스마트폰을 통해 언제 어디서나 다양한 사람들과 소통하며 일상을 공유할 수 있게 되었다. 그러나 이런 문명의 편리로 인해 부작용도 함께 나타나고 있다. 이미 많은 사람들이 사소한 내용 하나하나에 반응해야 하는 생활에 피로를 호소하고 있다. 다른 한편으로 일부 사람들은 기계와 버튼을 통한 접속에 중독 증상을 보이며, 그 접속이 끊어진 자리에서 극심한 초조를 느낀다.

폴란드 출신의 사회학자 지그문트 바우만은 이런 현대인들의 세태를

〈고독을 잃어버린 시간〉이라는 글로 진단했다. 이 글에서 바우만은 자신을 반성하고 창조력을 발휘하며 타인과의 의사소통을 위한 기반을 마련할 수 있는 숭고한 고독의 맛을 음미하라고 역설한다.

이 점에서 유종원의 〈강설〉은 인간이 지닌 고독의 품격을 예술적으로 보여준다. 당나라의 문인 유종원은 정치 혁신을 부르짖다가 영주(永州)로 좌천되어 이 시를 지었다. 그런데 사실 중국의 남쪽 지방인 영주는 눈이 많이 내리는 곳이 아니다. 굳이 지역성을 따지지 않더라도 엄동설한에 아무렇지 않게 낚시를 하는 늙은이의 모습은 비현실적이다. 요컨대 〈강설〉은 유종원이 좌천된 현실에서 느끼는 자신의 심정을 한 폭의 그림으로 형상화한 작품이다.

이 시는 '끊어짐[絶]'과 '사라짐[滅]', '외로운 배[孤舟]'와 '홀로 하는 낚시[獨釣]'라는 표현을 앞세워 고립무원의 상태에 놓인 고독을 강조하고 있다. 그러면서도 노인의 모습이나 심리 상태에 대해서는 말을 아끼고, 대신 '찬 강에 내리는 눈[寒江雪]'의 풍경만 짙게 묘사하였다.

노인은 처음부터 고기 낚는 일에는 관심이 없었을 것이다. 오로지 자신의 등뼈에만 의지하고 있는 노인의 낚싯대는 존재의 심연에 드리워진 채 한 치의 흔들림도 없다. 이로 인해 세상을 뒤덮고 있는 흰 눈과 차가운 겨울 공기는 냉엄한 현실을 말해줌과 동시에 노인의 청정한 정신 세계를 대변하고 있다.

그리하여 이 시는 고독이야말로 자신의 근원적인 존재감에 다가갈 수 있는 소중한 시간임을 상기시킨다. 나아가 혼자서도 온전할 수 있는 중심 잡힌 마음의 아름다움을 느끼게 한다. [이국진]

한결같은 친구

내가 노래하면 달은 배회하고
내가 춤추면 그림자 너풀너풀
깨어서는 함께 기쁨 나누고
취하면 제각기 흩어지네

我歌月徘徊 我舞影凌亂
醒時同交歡 醉後各分散

– 이백(李白, 701~762), 〈달 아래서 홀로 마시며[月下獨酌]〉, 《이태백문집(李太白文集)》

세상에서 가장 맛있는 술은 무엇일까? 소주, 맥주, 막걸리, 와인, 위스키…… 그 종류만도 다양하다. 하지만 우리는 여러 경험을 통해 때로는 무엇을 마시느냐보다 누구와 마시느냐가 술맛을 좌우한다는 사실을 알고 있다.

중국 제(齊)나라 위왕(威王)이 술의 대가 순우곤(淳于髡)에게 주량을 물었다. 순우곤은 마시는 상대에 따라 주량이 달라진다고 하였다. 임금 앞에서 마시면 두려워서 몸을 숙이고 마시니 한 말을 채 못 마시고 취해버리지만, 오랜만에 만나는 친구와 마음을 나누며 술을 마시면 대여섯 말을 마셔야 겨우 취하게 된다는 것이다. 어렵고 불편한 자리에서 먹는 음식은 맛이 없고, 먹는 족족 체하기까지 하는 것은 동서고금의 진리인 모양이다.

그러나 마음 맞는 친구 만나기는 생각만큼 쉽지 않다. 염량세태(炎凉世態). 한순간 뜨거웠다가 급히 식어버리는 사람 간의 정을 우리는 숱하게 마주한다. 정말 내 사람이다 싶었던 사람이 한순간 내 마음 같지 않은 사람이 되는 경우가 허다하다. 선행으로 인기가 치솟던 연예인도 언론을 통해 문제점 하나가 공개되는 순간 세상에 다시없는 위선자로 평가받는 시대가 아니던가?

중국을 대표하는 시인 이백은 애주가로 유명하다. 시인 두보가 "이백은 술 한 말에 시 백 편을 짓는다[李白一斗詩百篇]"라고 했을 정도이니, 술의 신선, 주선(酒仙)이라는 별명에 걸맞다. 이 시는 그런 이백이 말하는 '홀로 마시는 즐거움'이다. 이 시에는 좋은 경치 벗 삼아 술 마시는 즐거움이 고스란히 녹아 있다. 달과 그림자를 짝하여 놀 수 있는 시간은 봄날 저녁, 그야말로 한순간이다. 아침이 되고 술이 깨면 사라지는 친구들인 셈이다. 하지만 작가는 이들과 정 없는 사귐[無情遊]을 영원히 맺었다. 늘 가까이 있으나 가깝게 느껴지지 않는 친구들보다 술 마실 때 잠시 벗하고 마는 달과 그림자가 도리어 낫다는 것이다.

무정한 대상과의 술자리를 흥건히 즐김으로써 유정한 사람들 속에서 쌓인 피로를 회복한다. 이럴 때 자연은 그야말로 치유다. 인간은 혼자 살 수 없는 존재이지만, 때로는 그들 사이에서 독한 상처를 입고 말 없는 자연으로부터 위로받는다. 그렇기에 이백이 말하는 '무정유'는 이 시대를 사는 우리에게도 여전히 탐나는 사귐이다. [손유경]

중간에 그만두기

뱀을 손에 잡고 범에 올라탄 듯 처신하기 어려워
평생 기약한 바를 부질없이 품고만 있었네

握蛇騎虎終難處 虛抱平生有所期

– 신숙주(申叔舟, 1417~1475), 〈원협(元勰)〉, 《보한재집(保閑齋集)》

중국 오대십국(五代十國) 시대에 곽숭도(郭崇韜)라는 장군이 있었다. 그는 정적들을 차례로 제거하고 권력을 장악하였는데, 그 과정에서 수많은 사람들의 원한을 샀다. 문득 두려움을 느낀 곽숭도는 아들들을 불러 이렇게 말했다.

"나는 황제를 보좌하여 천하를 차지하였다. 이제 대업을 거의 다 이루었는데 소인들이 나를 미워하니, 나는 관직에서 물러나 화를 면하고자 한다."

그러자 아들들이 반대하며 이렇게 말했다.

"속담에 호랑이를 탄 사람은 내릴 수 없다고 하였습니다. 지금 아버님의 권세가 강하고 지위가 높아 원망하고 질시하는 사람이 많은데, 권세를 잃으면 안전을 보장할 수 없습니다."

《오대사(五代史)》, 〈곽숭도전(郭崇韜傳)〉에 나오는 이야기이다. 여기서 나온 고사성어가 기호지세(騎虎之勢)이다. 호랑이 등에 올라탄 형국이라는 뜻이다. 일단 호랑이 등에 올라탄 사람은 절대 내릴 수가 없다. 내리는 순간 호랑이에게 잡아먹힐 것이기 때문이다. 그러니 호랑이가 아무리 날뛰어도 꼭 붙들고 매달려 있을 도리밖에 없다.

뱀을 손에 잡는 것도 호랑이 등에 올라탄 것과 마찬가지다. 뱀을 잡은 손을 놓으면 바로 뱀에게 물릴 것이니, 계속 들고 있는 수밖에 없다. 그만두고 싶어도 그만두지 못하고 끝까지 갈 수밖에 없는 상황을 비유하는 말이다.

원협(元勰)은 중국 남북조(南北朝) 시대 북위(北魏)의 정치가였다. 효문제(孝文帝)와 선무제(宣武帝) 두 황제의 총애를 한몸에 받고 재상의 자리에까지 올랐지만, 정계 생활에 싫증을 느끼고 은퇴를 결심하였다. 하지만 이미 물러나기는 쉽지 않은 상황이었다. 수많은 정적(政敵)들이 호시탐탐 그의 권력이 약해지는 때를 노리고 있었기 때문이다. 결국 그는 정적의 손에 의해 독살당하고 만다. 차라리 위험을 무릅쓰고 깨끗이 물러났다면 비참한 최후는 면했을지도 모르겠다.

뱀을 손에 잡고 있는 것도, 호랑이 등에 올라타고 있는 것도 언뜻 보기에는 용기 있는 행동이다. 하지만 그보다 더 용기 있는 행동은 손에 든 뱀을 놓고, 호랑이 등에서 내려오는 것이다. 때로는 끝까지 가는 것보다 중간에 그만두는 쪽이 더욱 용기가 필요하다. [장유승]

참다운 우정은 조건에 매이지 않는다

세상에 참다운 벗이 있다면
하늘 끝이라도 이웃 같으니
海內存知己 天涯若比鄰

– 왕발(王勃, 650~676),
〈촉주로 부임하는 두소부를 전송하며[送杜少府之任蜀州]〉, 《전당시(全唐詩)》

벗들과 나누는 정, 그것은 나이와 성별을 막론하고 친숙하면서도 예민한 화젯거리다.

기실 인간관계에서 빚어지는 행복, 실망, 배신, 감동 등의 수많은 감정은 대부분 이들로부터 나온다. 바로 벗들. 나는 그 주체일 수도 있고 객체일 수도 있다.

간혹 이백과 같은 걸출한 인물이 "영원히 정 없는 사귐을 맺고자 한다[永結無情遊]"라 말하기도 했다. 이끗을 따라 모였다 흩어지는 사람들과 사귀느니, 늘 변함없이 자신을 찾아와 주는 달과 그림자를 벗 삼겠다는 뜻이다. 이 호탕한 사나이가 아무리 멋진 말을 했어도, 결국 그는 벗이라는 존재를 놓지 않는다. 달과 그림자를 사귀려 했던 것도 아마 현실에서의 누군가에게 상처받고 실망했기에 떠오른 생각이었음을 짐작할 수 있다.

과연 우정이 달달하고 포근하기만 할까. 감정의 용량을 정확히 재서 전달할 수 있다면 불안감을 떨칠 수 있을 것이다. 그러나 실상은 그렇지 않다. 서로 좋아하고 위하는 마음을 주고받는데 그 사이의 미묘한 편차를 비집고 서운함이 자라난다. 아이러니다.

관중에 대한 포숙의 한없는 이해와 아량이 돋보인 관포지교(管鮑之交)는 우정의 대명사로 자리 잡았다. 이들 사이에 겉으로 드러나는 우정의 균형이란 좀처럼 찾아보기 힘들다. 포숙은 그저 묵묵히 관중을 믿어주었을 따름이다.

인디언들도 '친구'를 일러 '내 슬픔을 자기 등에 지고 가는 자'라 했다던가. 참다운 우정 앞에 조건 따위는 필요 없다. 그의 말과 행동을 시종 믿어주고, 자신의 마음에 그의 슬픈 마음을 기꺼이 얹어주면 족하다.

당나라 시인 왕발은 천고(千古)에 통할 적실한 표현을 했다. 즉 나를 제대로 알아주는 이가 세상 어딘가에 있다면 그곳이 하늘 끝이라도 마치 이웃처럼 가깝게 느껴진다고 말이다. 조선 후기 실학자 박제가 역시 이렇게 말했다. "벗이란 술잔을 건네며 도타운 정을 나누거나 손을 꽉 잡고 무릎을 가까이한 사람을 의미하지 않는다. 말하고 싶어도 입 밖으로 꺼내지 못하는 벗이 있고 말하고 싶지 않으나 저도 모르게 말하게 되는 벗이 있다."

참다운 우정은 무의미한 시간의 흐름으로 포장되지 않는다. 그렇기에 노인과 소년이 마음을 나눌 수 있고, 촌로와 학자가 삶에 대해 진지한 이야기를 주고받을 수 있다. 근사하지 않은가. [김영죽]

늘 그렇게 있었던 것처럼, 노부부

앙상한 버드나무 두어 칸 오두막집에
늙은 부부 흰 머리가 모두 쓸쓸하네
석 자도 되지 않는 시냇가 길가에서
옥수수 가을바람 칠십 년 세월이여

禿柳一株屋數椽 翁婆白髮兩蕭然
未過三尺溪邊路 玉薥西風七十年

– 김정희(金正喜, 1786~1856), 〈시골집 벽에 쓰다[題村舍壁]〉, 《완당전집(阮堂全集)》

인간관계에서 부부처럼 특별한 사이도 없다. 전혀 다른 두 사람이 만나서 사랑을 하다가 많은 사람들을 초대해서 결혼을 한다. 그러고는 둘의 유전자를 고루 간직한 아이를 낳는다. 똑같은 시련과 희망을 품으면서 살게 되니 비슷한 주름과 인상을 갖게 마련이다. 그렇게 온갖 일을 겪으면서 한세상을 살아간다. 마지막으로 세상을 떠나게 되면, 또 같은 곳에 묻히게 된다.

이제 누군가와 함께 한평생을 산다는 것이 더 이상 당연한 일이 아닌 게 되었다. 그 옛날에도 휴서(休書)라 하여 이혼은 있었다. 그러나 이혼은 매우 드물었고 이혼했다 해도 공공연하게 알릴 일도 아니었다. 우리나라는 OECD 국가 중 이혼율 1위를 차지하기도 했다. 이제 '돌싱'이라며 떳떳하게 이혼을 이야기하는 세상이 되었다. 그렇다고 이혼을 무조건 반대만 할 수도 없는 형편이다. 자신의 삶이 엉망이 되는데도 자식을 위해서 불행한 결혼 생활을 유지하는 일이 정당화될 수는 없다.

그러나 문제는 너무도 쉽게 이혼을 선택한다는 사실에 있다. 따지고 보면 이혼을 하는 데 구구절절 말 못 할 사연 하나 없는 사람이 어디 있겠나. 보통 이혼의 사유라고 하면 성격 차이를 많이 드는데, 우스갯소리로 '성 격차(性 隔差)'라고도 한다.

이 세상에 내 마음에 맞는 사람이 얼마나 될까. 상대에게 치명적인 귀책사유가 없다면 서로에게 맞춰가거나 포기하면서 살 수밖에 없다. 이 사람과 살기 힘든 사람은 저 사람하고도 살기 어렵다. 또 속궁합으로 대표되는 성 문제도 한몫을 한다. 부부란 육체적인 강렬함보다 정서적인 안정감이 바탕이 되어야 한다. 부부란 한방을 쓰는 오랜 친구다.

연애와 결혼은 다르다. 결혼이란 연애 때의 강렬하고 애틋한 기억을 담은 페이지를 떠올리면서, 단조롭고 지루한 나머지 페이지를 채워가는 일인지도 모르겠다. 계속해서 연애의 짜릿함에 기대고 싶다면 또 다른 누군가를 기웃거릴 수밖에 없다. 우리는 순간의 강렬함이 영원할 것이라 기대하지만 다만 순간을 영원히 기억하려 애쓸 뿐이다.

한평생 서로를 위해 책임과 사랑을 다한 사람들이 여기 있다. 노부부다. 젊을 때 서로의 몸을 매만지던 손길은 서로의 아픈 곳을 보듬어주는 손길로 바뀐다. 언제든 죽음의 순간이 올 때 서로에게 무한한 신뢰와 감사를 마지막으로 전하며 아름다운 마무리를 할 충분한 자격이 있는 사람이다.

노부부를 보면 울컥하고 눈물이 나는 것은 그들이 살아왔을 무수한 시간들과 사건에 대한 경외와 존경 때문이다. [박동욱]

마주 보아도 싫증나지 않는

새들은 높이 날아 다 사라지고
외로운 구름 홀로 한가로이 떠가네
마주 보아도 싫증 나지 않는 것은
경정산 너뿐인가 하노라

衆鳥高飛盡 孤雲獨去閑
相看兩不厭 只有敬亭山

– 이백(李白, 701~762), 〈홀로 경정산을 바라보며[獨坐敬亭山]〉, 《이태백문집(李太白文集)》

인간관계 중에서도 직장 동료나 선후배 관계는 무척 어렵고 힘들다. 가족처럼 혈연으로 맺어지거나 친구처럼 인간적 호감으로 연결된 사이도 아닌, 업무에 의해 형성된 유대관계이다 보니 사무적인 의사소통이 주가 될 수밖에 없다. 여기에 개인적인 성격과 생활 방식은 물론 업무 처리 능력과 방식의 차이로 인해 의견 충돌이 생길 가능성이 높다.

카네기의 《인간관계론》이 지금까지도 성공학의 바이블로 일컬어지고, 사회에서의 인간관계와 의사소통에 대한 강좌와 관련 도서가 끊이지 않는 것은 이러한 현대인들의 고충을 잘 대변한다.

이 때문에 현대인은 업무 스트레스보다 인간관계에서 생기는 스트레스가 더 힘들다고 호소하기도 한다. 내 입장을 관철하면서 상대방의 입장을 반박하고, 내심 싫지만 겉으로는 내색을 하지 못하며, 늘 주변 사람들의 판단과 평가를 신경 쓰는 일은 항상 사람을 긴장시키기 때문이다.

많은 이들이 직장에서 돌아와 혼자서 멍하니 TV 프로를 보거나 웹서핑을 하고, 한참 동안 스마트폰을 만지작거리는 것은 긴장된 인간관계에서 벗어나 휴식을 취하고 싶은 욕구의 반영이다.

이백의 이 시는 지저귀던 새처럼 굴던 사람들 사이에서 벗어난 시적 자아가 말 없는 산을 바라보며 무한한 편안함과 위로를 느끼는 순간을 형상화하였다. 당시 이백은 오랜 방랑 생활에서 여러 사람들의 염량세태에 지친 상태였다. 이런 그에게 경정산은 기대나 실망을 할 것도 없고 눈치를 볼 것도 없는, 자신을 있는 그대로 보여줄 수 있는 존재였을 것이다.

현대인이 애완동물이나 식물, 자연 또는 무정물에서 깊은 공감과 위로를 받는 이유도 이와 같은 이백의 심정과 일맥상통한다. 인간은 사회적 동물이라고 하지만, 때로는 그 복잡하고 인위적인 사회적 관계에 염증을 느끼기도 한다. 그럴 때면 오히려 말 없는 대상과의 교감을 통해 더없는 위안을 얻기도 한다. [이국진]

아무도 찾지 않는 집

•

큰길가 좋은 집 홰나무 그늘 짙고
솟을대문 응당 자손 위해 열었으리
근래 주인 바뀌어 찾아오는 수레 없고
길 가던 행인만이 비를 피해 오는구나

甲第當街蔭綠槐 高門應爲子孫開
年來易主無車馬 唯有行人避雨來

– 이곡(李穀, 1298~1351),
〈길 가다가 비를 피하며 느낀 바 있어[途中避雨有感]〉, 《가정집(稼亭集)》

•

세상의 인심은 사납다. 말 그대로 감탄고토(甘呑苦吐), 염량세태(炎涼世態)다. 누군가 자신에게 도움이 될 것 같으면 순한 낯빛과 부드러운 목소리로 온갖 아양을 떨어댄다. 하지만 잘나가던 상대방이 지위나 권력을 내려놓는 순간이 오면, 언제 그랬냐 싶게 싸늘히 관계를 끊고 만다.

권력이 있으면 사람들은 자연스럽게 모인다. 그것이 상대방의 진심인지 여부는 중요치 않다. 많은 사람이 모일수록 자신의 영향력은 증명되는 셈이며, 그럴수록 사람들에게 자신의 말이나 행동은 권위를 부여받게 된다. 권력의 속성을 잘 아는 사람들은 절대로 한 번 잡은 권력을 놓고 싶어 하지 않는다.

단순하게 말하자면 권력이란 얼마나 많은 사람을 내 주변에 모이게 할 수 있느냐의 문제다. 그러나 누구도 상대방에게 영원히 그러한 영향력을 끼칠 수는 없다. 시간의 장단이 있을 뿐 언젠가는 모두 흩어지게 마련이다. 하지만 사람들은 언제까지나 제 주변에 많은 사람들이 있으리라 기대한다.

자식의 혼사는 현직에 있을 때 치르는 것과 퇴직할 때 치르는 것이 천지 차이다. 현직에 있으면 오지 않을 사람도 찾아오지만 퇴직하면 올 만한 사람도 찾아오지 않는다. 정승이 죽으면 문상객이 없어도 정승댁 개가 죽으면 문상하러 오는 사람이 있다는 말은 이러한 맥락에서 이해될 수 있다.

여기 엄청난 집 한 채가 있다. 이름 모를 집이다. 그런데 이 집은 홰나무와 솟을대문이 있다. 모두 고관(高官)의 집을 암시하는 표현이다. 도중에 어떤 사연이 있었는지 모르지만 더 이상 그 옛날의 부귀와 영화가 현재진행형이 아닌 것만은 분명해 보인다.

최근에는 주인까지 바뀌었다. 예전에 문전성시를 이루었던 사람들은 모두 사라지고, 문 앞에 새 그물을 친다는 뜻의 문전작라(門前雀羅)가 되었다. 오늘 이 집을 찾은 이는 비를 피하는 이름 모를 행인뿐이다.

옛날의 영화가 더할수록 현실의 초라함은 도드라진다. 그래서 다시 오지 않을 왕년(往年)에 집착하는지도 모르겠다. 모든 관계는 본질적으

로 허망하다. 그러니 이러한 고요함과 정적이 인간의 본성에 가까울지도 모르겠다. [박동욱]

한가로움을 기르는 법

오두막 짓고 사람들 사이에 살아도
수레나 말이 시끄럽지 않네
그대에게 묻노니 어찌 그럴 수 있는가
마음이 멀어지면 사는 곳이 절로 외지다네

結廬在人境 而無車馬喧
問君何能爾 心遠地自偏

- 도연명(陶淵明, 365~427), 〈음주(飮酒)〉 제5수, 《도정절집(陶靖節集)》

현대사회에서는 학교와 직장의 시곗바늘이 하루, 일주일, 한 달, 일 년을 단위로 바쁘게 돌아가고 있다. 이 꽉 짜인 시간 단위는 성과와 효율을 최우선으로 여기는 근현대 사회 구조에서 오랜 시간 동안 당연하게 받아들여져 왔다. 하지만 이렇게 쉴 틈 없는 사회 분위기가 지속되면서 많은 사람들이 육체적 정신적 피로를 호소하고 있다.

근래 들어 시행된 주5일 근무제와 9시 등교제, 한 정치인의 '저녁이 있는 삶'이라는 대선 공약 등은 이러한 피로사회에 대한 진단과 반성의 산물이라고 할 수 있다. 이제 생활 속의 한가로움이 업무의 능률과 삶의 보람, 육체적 정신적 건강을 위해 필수적이라는 공감대가 확산되고 있다.

그럼에도 불구하고 제도가 정착되는 데에는 많은 시간이 필요하고, 제도만으로 개인의 삶이 근본적으로 바뀌지는 않는다. 따라서 우리는 지금 이 순간 바쁜 생활 속에서 보다 적극적으로 한가로움을 찾을 필요가 있다.

동양에서는 일찍부터 마음가짐의 전환을 통해 한가로움을 누리고자 했다. 도연명의 이 시 구절은 비록 내가 고관대작의 왕래가 잦은 시끄러운 속세에 살고 있지만, 내 마음이 그것에 얽매이지 않음으로써 절로 한가로움을 유지하고 있음을 말하고 있다. 이러한 사유와 같은 맥락에서 조선 후기 실학자 최한기(崔漢綺, 1803~1879)는 한가로움은 주어지는 것이 아니라 찾아서 기르는 것임을 보다 적극적으로 설명하였다.

"삼광(三光 : 해, 달, 별)이 끊임없이 움직이는 모습은 지극히 꿋꿋하나, 그 움직이는 모습은 한가롭다. 사방에 보이는 산의 변하는 모습은 무궁무진하나, 그 모습은 한가롭다. 그 모든 것이 점점 축적되는 데에 질서가 있고 움직임과 고요함이 마땅함을 얻었으니, 억지로 힘쓰지 않고 애써 마음을 소비하지 않는 것, 이것이 바로 한가로움이다. 고목이 죽어 재가 되고 모든 사물을 쓸어버린 상태는 한가로움이 아니다."

이 글은 최한기가 지은 〈양한정기(養閑亭記 : 한가로움을 기르는 정자에 쓴 기문)〉의 도입부이다. 최한기는 혼잡한 서울 한가운데에 정자를 지으면서 여기서도 충분히 한가로움을 누릴 수 있다고 강조한다. 그는 우주와 대자연의 쉼 없는 움직임에 깃든 '억지로 힘쓰지 않고 애써 마음을 소비하지 않는' 자세를 본받음으로써 일상에서 한가로움을 기를 수 있다고 말한다. 그는 많은 사람들이 소망하는 시공간적으로 완벽한 한가로움은 살아서는 누릴 수 없는 죽음의 상태일 뿐임을 간파하였던 것이다.

사실 이와 같은 한가로움에 대한 인식은 중세시대 문인 사대부들의 고답적인 생활 방식에서 기인한 것이다. 그러나 현대인들도 바쁘게 움직이는 생활 리듬에서 주체성을 높이는 것만으로도 좀 더 많은 한가로움을 누릴 수 있다. 우리도 잠시 멈춰서 해와 달의 꿋꿋한 움직임을 생각하고 계절에 순응하며 무심히 변해가는 산색의 조화로움을 바라보며 내 삶의 리듬을 튜닝해보면 어떨까? [이국진]

아무도 기다리지 않으면서

여름 해 그늘 져서 대낮에도 어두운데
물소리 새소리 고요 속에 시끄럽네
길 끊어져 아무도 안 올 줄 알면서도
산 구름에 부탁하여 골짝 어귀 막았다네

夏日成帷晝日昏 水聲禽語靜中喧
已知路絶無人到 猶倩山雲鎖洞門

– 성운(成運, 1497~1579), 〈대곡에서 앉아 쓰다[大谷書坐]〉, 《대곡집(大谷集)》

과거와 비교할 수 없을 정도로 통신 수단은 발달했다. 혼자 있을 수 있는 자유란 허락되지 않는다. 혼자 있고 싶어도 혼자 있을 수 없게 만든다. 나도 언제든 누군가를 호출할 수 있고, 그와 마찬가지로 다른 사람들도 언제든 나를 호출할 수 있게 되었다.

언제나 누군가와 연락을 취할 수 있게 되면서 오히려 만남은 깊이를 잃었다. 늘 만나지 않고 있지만 늘 만날 수 있다는 생각이 사람들의 만남을 가볍게 만들었다.

사람들은 진실한 만남을 더 이상 이야기하지 않게 되었다. 인맥 관리는 현대인에게 필수적인 덕목으로 자리 잡았다. 사람과의 관계도 깊이보다 넓이를 선호하게 되었다. 얼마나 한 사람을 깊이 아느냐보다는, 얼마나 다양한 방면의 많은 사람을 아느냐가 중요하게 여겨진다. 인간관계는 처세의 한 방편으로 전락했다.

왠지 사람들을 만나지 않고 있으면 사회적으로 고립된 것 같은 느낌을 지울 수 없다. 스케줄표에 만날 약속을 가득히 표시해놓고, 그것도 모자라서 하루에 여러 명을 만나기도 한다. 사람들은 관계 중독증에 빠진 것만 같다. 회식이라도 하면 끝까지 자리를 지켜야 할 것 같은 의무감마저 든다. 자리에 참석하지 않은 사람은 모든 사람의 공적(公敵)이 되기 마련이다. 사람들은 주저 없이 부재한 그에게 십자포화를 날린다. 그리고 집으로 돌아오는 차에 몸을 실으면 뒤늦은 공허함이 밀려온다. 나는 정말 그들과 친해진 걸까?

혼자 있는 시간은 중요하다. 넘치는 관계 속에서 벗어날 필요가 있다. 사람들 없이 살 수는 없지만 사람들하고만 살 수는 없다. 고독하다고 사람들 뒤에 숨어서는 안 된다. 그것은 본질적인 문제 해결이 아니다. 혼자만 느낄 수 있는 자유와 외로움은 자신을 더욱 강하게 만든다.

이 시는 외부와 단절하고픈 열망을 담았다. 여름 해는 구름이 가렸는지 대낮에도 어둡다. 그렇지 않아도 외진 곳에 들려오는 소리라고는 물소리 새소리뿐이다. 외부와 통하는 길마저 왕래가 뚝 끊겨서 길의 흔적조차 없다. 그러니 아무도 찾아올 수도 없고 찾아올 사람도 없다.

그래도 마음이 놓이지 않았는지 산 구름에 부탁해서 골짝 어귀마저 막으려 한다. 이 지독한 단절이 때때로 그리운 것은 어째서일까? [박동욱]

핑계

•

앵두나무 꽃이여
바람에 흔들리는구나
어찌 그대가 그립지 않으랴만
집이 멀어서 갈 수가 없네

唐棣之華 偏其反而
豈不爾思 室是遠而

–〈앵두나무[唐棣]〉, 《시경(詩經)》

•

세계에서 가장 오래된 고전 중 하나인 《시경》에 나오는 시다. 《시경》은 유교 경전의 하나로 추앙받고 있으나, 본래는 고대 중국의 민간 가요를 엮은 유행가 가사집이다.

이 노래를 지은 사람은 바람에 흔들리는 화사한 앵두나무꽃을 보고서 문득 사랑하는 님이 떠올랐던 모양이다. 하지만 그 님의 집이 너무 멀어서 갈 수 없는 안타까운 심정을 노래했다. 사랑하는 사람과 멀리 떨어져본 경험을 가진 사람이라면 이 노래를 지은 사람의 심정을 이해할 수 있을 것이다.

그런데 공자(孔子)는 이 노래의 가사가 말이 되지 않는다고 생각했던 듯하다. 공자는 이 노래를 듣고서 이렇게 말했다.

"이것은 그립지 않아서 그런 것이다. 어찌 멀어서 그런 것이겠는가."

《논어(論語)》, 〈자한(子罕)〉에 나오는 말이다. 멀리 떨어져 있어 만나지 못한다는 것은 변명에 불과할 뿐, 만나지 못하는 이유는 그 사람을 간절히 생각하지 않아서라는 말이다. 정말로 그 사람을 간절히 생각한다면 아무리 먼 곳이라도 달려갈 테니 멀다는 것은 이유가 될 수 없다는 뜻이다.

공자의 말처럼, 멀어서 만날 수 없다는 말은 핑계일지도 모르겠다. 시간이 없어서, 돈이 없어서 만날 수 없다는 말도 모두 핑계다. 정말로 그 사람을 간절히 그리워한다면 어떠한 어려움이 있더라도 기어이 찾아가 만나고야 말 것이다.

남에게 대는 핑계는 그럴싸해야 한다. 그렇지 않으면 상대방이 납득하지 않을 것이다. 하지만 정작 자신에게는 터무니없는 핑계를 대더라도 그냥 넘어가곤 한다. 그것이 이유가 될 수 없다는 건 누구보다 나 자신이 잘 알 것이다. [장유승]

이별 앞에서 우아해질 수 있을까

만약 꿈속 혼에 자취가 있다면
문 앞 돌길은 이미 모래가 되었겠지요
若使夢魂行有跡 門前石路已成沙

– 이옥봉(李玉峯, ?~1592), 〈혼잣말[自述]〉, 《옥봉집(玉峯集)》

가수 김광석의 〈서른 즈음에〉를 듣노라면 가장 가슴에 와 닿는 노랫말이 있다. '매일 이별하며 살고 있구나.' 특히나 후렴구에 몇 번이고 되뇌는 그 말처럼 모두의 공감대를 자극하는 말이 또 있을까. 세상 모든 이들은 그 주변을 둘러싼 모든 것들과 한번쯤은 이별을 경험하게 되어 있다.

어린 딸아이가 유치원 졸업식 때 정말 '제대로 된' 이별을 경험하고서 엉엉 울었더랬다. 이제 이 아이도 슬슬 정든 이들과의 이별을 맛보게 되는 셈이다. 헤어지는 일이란 그때마다 낯설고 아프다. 좀처럼 익숙해지지 않는 일 중의 하나다. 여섯 살 꼬마나 다 큰 어른에게나 이별의 아픔은 매한가지다.

이 시는 조선 중기에 서녀로 태어나 조원이라는 이의 소실로 들어간 이옥봉의 것이다. 조원이 얼마나 매력 있는 인물이었는지 알 길은 없지만, 그녀가 남긴 시에는 남편을 향한 무한한 애정이 담겨 있다. 재색을 겸비한 여인이 순탄치 못한 삶을 사는 것은 전통시대의 공식처럼 되어 있었고, 그녀 역시 마찬가지였다. 사랑하는 남편에게 버림받는 처지가 되었으니 말이다. 그런 그녀가 이별 앞에서 우아할 수 있었을까? 천만의 말씀이다. 소박맞은 여인은 그리운 지아비를 만나기 위해 꿈속에라도 찾아간다.

매일 꿈에서 남편과 함께 살던 집 앞으로 찾아간다. 인간의 혼(魂)이라는 것이 스르르 왔다가 스르르 사라지길 망정이지, 행여 옮기는 발걸음마다 자취를 남겼더라면 아마 집 앞의 돌길이 다 부서져 모래가 되었을 것이라 고백한다.

같은 여자의 입장에서 참으로 자존심 상할 만큼 매달린다. 조선의 걸출한 문인이었던 이옥(李鈺)은 그 흔한 이별들에 대해 다음과 같이 말한 바 있다. "정성으로 매달리고 마음을 보내는 것이, 여자가 남자보다 간절하지 않을 수 없고 신하가 군주보다 간절하지 않을 수 없다. 사람의 정이 또한 그렇지 않은가." 이별이 슬픈 이유는 바로 만남이 가치 있었기에 가능한 것이다. 그러니 이별 앞에서 우아하게 참고 견디는 것만이 능사가 아니다.

시쳇말로 쿨하게 이별하는 경우는 드물다. 아니 어렵다. 크고 작은 이별들에 연연한다고 자책하지 않았으면 한다. 옥봉이 그러했던 것처럼 내 속에서 소리치는 아쉬움과 쓸쓸함을 실컷 위로하며 이별을 만끽해도 그다지 나쁠 것은 없다.

얼마 전에 결혼 생활과 새로운 공부를 위해 외국으로 훌쩍 떠난 친구가 있다. 영영 헤어지는 것도 아닌데, 다 큰 어른이 참지도 못한다는 지청구를 들을까 그리움도 제대로 티내지 못했다. 몇 글자 안 되는 시구에서 이별을 만끽할 힘을 얻어본다. [김영죽]

어깨동무 내 동무

김 씨네 동산 흰 흙담에
복사나무 살구나무 사이좋게 늘어섰네
버들피리 불고 복어 껍질 북을 치며
나란히 다니는 아이들 나비 잡기 바쁘네

金氏東園白土墻 甲桃乙杏併成行
柳皮篳栗河豚鼓 聯臂小兒獵蝶忙

– 이덕무(李德懋, 1741~1793),
〈봄날 아이들의 장난을 보고 짓다[春日題兒戲]〉, 《청장관전서(靑莊館全書)》

《어깨동무》라는 어린이 만화잡지가 존재하던 1980년대 중후반에는 동네 놀이터가 아이들로 떠들썩했다. 당시에는 한 통의 구슬, 한 묶음의 딱지를 가지고 아침에 나가면 해질녘까지 시간 가는 줄 모르고 뛰어놀 수 있었다. 특히 말뚝박기(우리 동네에서는 소타기말타기라고 불렀다), 다방구, 오징어를 할 때면, 편을 다 나눈 뒤 남은 한 명 또는 나이 어린 아이들을 한쪽 편이 꼭 데리고 갔다. 이렇게 데리고 가는 아이를 '감자' 또는 '깍두기'라고 불렀다.

지금 생각해보면 누가 시킨 것도 아닌데 함께 노는 친구를 소외시키지 않았던 당시의 놀이 문화가 거룩하게 여겨진다. 그렇게 우리들은 전봇대를 의지해서 손을 나란히 잡고서 팔을 뻗거나, 어깨를 맞대고 상대방을 밀어내면서 끈끈한 동무애를 느꼈다. 당시에도 소외된 아이들이 있었고 남을 괴롭히는 고약한 아이들도 있었지만, 지금처럼 왕따가 심각한 사회 문제가 되지는 않았다.

이 시를 보면 200여 년 전 천진한 어린이들의 함성이 생생하게 들린다. 나란히 사이좋게 뻗은 복사나무와 살구나무처럼 서로 어깨동무를 한 아이들이 뛰어노는 모습은 예나 지금이나 다를 것이 없다. 그렇다면 왜 요즘 들어 왕따 문제가 더 부각되는 것일까? 여러 가지 사회학적 원인이 있겠지만, 기본적으로는 공감과 배려의 정서가 부족하기 때문이 아닐까 생각한다.

그런데 어린이들에게 이성적 교육으로 공감과 배려의 정서를 가르치는 데에는 한계가 있다. 무엇보다 정서란 함께 부딪치며 뛰어놀고 서로의 손을 잡아끌고 밀어주는 가운데 '느낌'으로 체화되는 것이다.

"동무동무 어깨동무 어디든지 같이 가고 / 동무동무 어깨동무 언제든지 같이 놀고 / 동무동무 어깨동무 해도 달도 따라오고 / 동무동무 어깨동무 너도나도 따라 놀고."

이 동요는 요즘 초등학교 저학년 때 배우는 〈어깨동무〉라는 곡이다. 오늘날 어린이와 청소년들이 받는 평가와 경쟁의 스트레스가 지나치다는 것은 해묵은 논의이다. 어깨를 나란히 하고 앉아 공부하기 바쁜

아이들에게 어깨동무를 하고 뛰어놀 수 있는 여유와 공간을 다시 되돌려줘야 한다. [이국진]

나이와 처지를 잊은 사귐

망형지교 허락한 이유 있을 터이니
재주 아끼고 풍골(風骨) 짝할 이 없어서겠지

許我忘形膺有故 憐才人骨更無儔

– 강진(姜溍, 1807~1858),
〈추재 조수삼의 기일이 다가왔다기에 슬퍼서 읊다[聞趙秋齋祥期在近凄然有懷]〉,
《대산집(對山集)》

망년지교(忘年之交)와 망형지교(忘形之交)라는 말이 있다. 나이 차이를 개의치 않고 의기가 맞아 벗이 된다면 이는 망년지교이며, 지위와 재산 등의 처지를 따지지 않고 마음으로 사귀다면 이는 망형지교가 된다. 특별한 것 없어 보이지만 이러한 사귐은 참으로 어렵다.

내가 주위의 친구들과 어떤 인연으로 맺어졌는가를 살펴보면 금세 깨닫게 된다. 망년지교나 망형지교가 그리 쉬운 경지가 아님을. 같은 학교, 같은 고향, 같은 직장을 배제한다면 마음을 내보일 수 있는 친구를 과연 어디에서 만날 수 있을까.

이 시는 40년 차이가 나는 조선 후기 시인 추재 조수삼과 대산 강진의 우정을 그려낸 것이다. 이들은 나이 차이가 많이 날 뿐 아니라 신분에도 차이가 있었다.

나이 많은 조수삼은 하급 서리로 만족해야 하는 중인이었으며 강진은 비록 서출이지만 명문가 출신의 규장각 검서관이었다. 그럼에도 이들이 '친구'로 지낼 수 있었던 이유는 서로의 재능과 사람됨을 소중히 생각한 그 마음 자세에 있다.

이들의 만남에서 가장 아쉬웠던 점이라면 너무 '늦게' 만났다는 것이다. 시의 첫 구절에서 밝혔듯 백발이 성성한 노인 조수삼이 젊은 강진에게 망형(忘形)의 사귐을 허락했던 것은 그만한 이유가 있어서였다. 그는 강진의 사람됨과 재주를 아꼈고, 강진 역시 조수삼의 신분이 중인이었다는 것에 개의치 않고 따랐음이 분명하다. 조수삼은 그의 어느 시에서 "꿈에서도 강진을 그리워한다"고 하며 애정을 표출했다.

요즘은 수많은 사람들이 각종 매체로 쉽게 '인연'을 창출해낸다. 아니, 그렇다고 믿는다. 그러나 외로움은 여전히 존재한다. 정작 가정에서는 부모와 자식 간의 대화가, 교실에서는 스승과 제자 사이의 대화가 단절된다.

동일한 사회적 이슈에 열정 혹은 화를 쏟아부을 수 있는 존재들이야말로 마음 맞는 친구라 여긴다. 그러나 이 사이에는 책임이 존재하지 않는다. 쉽게 다가서는 만큼 쉽게 잊을 수도 있다. 그러니 현대사회의 외로움은 여전히 반복되며 수많은 양상으로 변이된다.

조수삼과 강진처럼 물리적 거리를 넘어서 심리적 거리에 초점을 맞춘 사귐이야말로 사람을 외롭지 않게 만든다. [김영죽]

눈이 내려 아무도 오지 않고

삼 년 동안 귀양살이 병까지 걸렸는데
단출한 방 한 칸은 중이나 다름없네
산 가득 눈이 내려 아무도 안 오는데
파도 소리 들으며 앉아 등불 심지 돋운다

三年竄逐病相仍 一室生涯轉似僧
雪滿四山人不到 海濤聲裏坐挑燈

– 최해(崔瀣, 1287~1340), 〈현재의 눈 오는 밤[縣齋雪夜]〉, 《동문선(東文選)》

현대인은 관계 중독에 빠져 있다. 가만히 있는 시간을 가만히 버티지 못한다. 잠시라도 누군가 연락할 수 있는 채널을 열어놓아야만 안심이 된다. 휴대폰, 이메일, 모바일메신저, SNS, 블로그, 카페를 통해 실시간으로 세상 누구와도 연락이 가능하다. 누구에게나 열려 있다는 건, 아무에게도 열려 있지 않다는 반증일지도 모른다.

외롭다고 사람들 뒤에 숨는다면 더 외로울 수밖에 없다. 관계를 맺음으로써 얻는 행복도 있지만 관계를 맺음으로써 생기는 번거로움도 적지 않다.

관계는 결국 남에 대해 어떤 식으로든 책임을 진다는 이야기다. 그러니 나를 온전히 버리지 않는 관계란 없다. 돌아보면 대부분의 허망한 관계를 위해서 허다한 나의 감정을 소비하기 마련이다.

그렇다고 남과 담을 쌓고 지낼 수도 없는 노릇이다. 문제는 남과 소통하는 시간에 비해 나를 대면하는 시간이 턱없이 부족하다는 데 있다. 나를 대면하는 것도 연습과 훈련이 필요하다. 나를 보는 일에 익숙지 않으면 내가 남보다 낯설어진다. 〈위대한 침묵〉이란 영화에는 일상이 피정(避靜)인 사제의 생활이 아름답게 그려져 있다. 그들은 서로 대화를 하지 않고 묵묵히 자신의 내면과 마주한다. 누구나 그렇게 살 수는 없지만 가끔은 그렇게 살 수도 있어야 하고 살아야 한다.

최해는 고려 때 문인으로 성품이 강직하여 세상에 아부하지 않았다. 애초부터 출세와는 거리가 먼 인물이었다. 그래서 그런지 그가 특별히 사제 관계를 맺었다는 기록을 찾아보기는 힘들다. 병까지 든 유배살이에 단출한 살림은 중이나 매한가지다.

눈이 첩첩이 쌓여서 오가는 사람도 뚝 끊겼다. 들려오는 것이라고는 파도 소리뿐인데, 등불을 돋우어 불을 밝혀본다. 이 시는 조용히 자신과 대면하는 아름다운 시간에 대한 기록이다.

세상을 혼자 살 수는 없다. 모든 일은 남과의 관계 속에서 파생된다. 남과 어울리지 않는다면 위험도 존재하지 않지만 기회도 없다. 조용한 침잠의 시간이 자폐(自閉)가 되어서는 곤란한 이유가 여기에 있다. 그러나 정작 남을 향한 채널만 열려 있고, 나를 향한 채널에는 인색한 것은 아닌지 반성이 필요한 때가 되었다. [박동욱]

세상의 모든 것은 잠시 빌린 것

여윈 몸은 힘겹게 세월 빌려 살아가고
두 눈동자는 밤마다 등불 빌려 열리네
세상의 온갖 이치가 모두 서로 빌린 것이니
밝은 달도 오히려 해를 빌려 도는 것이네

瘠骨崚嶒借歲月 雙眸夜夜此燈開
世間萬理皆相借 明月猶須借日廻

- 조희룡(趙熙龍, 1789~1866), 〈빌림[借]〉

이 세상에 정작 내 것은 무엇인가? 공수래공수거(空手來空手去), 아무것도 갖고 태어나지 않은 것처럼 아무것도 갖고 갈 수 없다. 권력이든 재산이든 지위든 그 어느 것도 영원한 내 것은 없다. 다만 그 빌려온 모든 것이 평생 동안 누릴 수 있고, 자신이 세상을 떠난 뒤에도 영원할 것이라는 착각에 빠져 있을 뿐이다.

온갖 방법을 써서라도 자신이 이루었던 모든 것이 고스란히 자식에게 전달되기를 원한다. 자신의 죽음으로 인해 지금껏 이루어온 모든 것이 소멸될지도 모른다는 두려움 때문이다.

소유하게 되면 집착하기 마련이다. 악착같이 얻으려 하고 목숨 바쳐 지키려 한다. 많이 갖고 많이 얻을수록 그것을 지키기 위해서는 많은 시간과 노력을 필요로 하기 마련이다. 평생 동안 쌓은 것을 누릴 시간도 없이 지키려고 버둥대다 허망하게 세상을 떠날 수도 있다.

조희룡은 1년 8개월 동안 임자도에 유배된 적이 있다. 유배 체험은 조선시대 지식인에게 아주 흔하다. 조희룡의 유배 기간이 특별히 길었던 것도 아니다. 유배의 체험은 그를 완전히 다른 사람으로 만든 계기가 되었던 것으로 보인다. 친밀했던 사람들은 등을 돌리고, 영원하자 우정을 맹세했던 친구들도 왠지 뜨악하게 굴었을 것이다. 구명(救命)을 요구하는 손길은 싸늘하게 외면당했으리라.

마른 몸뚱이는 세월을 빌려 살아가고, 두 눈동자는 등불을 빌려 열리며, 밝은 달은 해를 빌려 돈다. 그러니 세상에 빌리지 않은 것이란 아무것도 없다. [박동욱]

내가 당신을 좋아하는 이유

내가 사랑하는 도연명은
시어가 담담하고 순수하네

吾愛陶淵明 吐語淡而粹

– 이규보(李奎報, 1168~1241),
〈도잠의 시를 읽다[讀陶潛詩]〉, 《동국이상국집(東國李相國集)》

이병주의 소설 《관부연락선》의 주인공 유태림의 시선은 격변하는 당시의 시국을 벗어나지 않는다. 예외적으로 단 한 번 유태림은 친구인 '나'에게 아버지에 대한 이야기를 하는데, 기묘하게도 아버지가 지은 한시에 대한 감상이었다.

"이 군, 내 아버지가 며칠 전 향교의 시회에 나갔는데 장원을 했대. 아버지는 은근히 자랑삼아 하는 말이었지만, 난 술깨나 얌전히 낼 성싶으니까 정략적으로 장원을 시킨 거겠지쯤으로 생각했었지. 그랬는데 장원했다는 시를 뒤에사 보고 놀랐어. 칠언절구인데 전 삼구는 고사하고

결구가 가파시성월재산(歌罷詩成月在山)이란 것이었어. 어때, 가파시성월재산! 좋지 않아? 밤이 깊도록 술을 마시고 노래를 부르다가 술에도 지치고 노래에도 지쳐 돌연 주위가 고요해지자 시심이 솟아난 거지. 그래 문득 바라보니 달이 서산에 걸려 있었거든. 뜻이야 아무렇게라도 되는 거지만 하여간 좋지 않아? 가파시성월재산. 난 그걸 보고 아버지를 사랑할 수 있을 것 같았어. 정이 들 것만 같았어."

시는 본질적으로 수사(修辭)의 세계이다. 시적 충격은 시인의 새로운 통찰력에서 나올 수도 있지만 새로운 표현을 통해서도 드러난다. 문학 작품은 흔하디흔한 내용을 달리 표현하는 것만으로 우리의 마음을 사로잡는다. 유태림은 이 시를 읽고 나서야 비로소 아버지를 사랑할 수 있을 것 같다고 했다. 아마도 그때 그가 느꼈던 것은 노래를 다 부른 뒤 시를 짓고 그다음에 시간이 얼마나 되었나 궁금해하며 달을 쳐다보는 상황을 "노랫소리가 멈추고 나니 시가 완성되어 있고 어느새 달은 산에 걸려 있다"로 표현하는 시적 감각이었을 것이다.

모든 것이 저절로 이루어졌다고 표현하는 이 구절 속에는 아버지의 성품이 어떠한지, 도덕적으로 올바른 사람인지 판단할 수 있는 요소는 없다. 그럼에도 유태림의 감상은 묘하게 우리의 마음을 파고든다. 성품이 착하기 때문에, 훌륭한 일을 했기 때문에 어떤 사람을 대단하다고 생각할 수는 있지만 그 감정이 곧바로 누군가를 사랑한다거나 좋아하는 것으로 이어지지는 않는다. 그러나 가끔 아주 사소한 점만으로 누군가에게 반할 때가 있다. 취향이 같았기 때문에 사람은 어울리기도 하고 동질감 때문에 의기투합하기도 한다.

사소한 취향이 그렇듯이 사소한 '수사'도 때때로 큰 힘을 발휘한다. 시적 수사는 그 사람이 어떤 눈을 통해 세상을 바라보고 있는지를 보여주는 창이기 때문이다. 이규보를 비롯하여 상당히 많은 사람들이 도연명을 좋아한 이유는 그가 돈 몇 푼에 허리를 굽힐 바엔 차라리 은거하겠다고 떠난 강직한 사람이어서도 아니고, 세상 사람들이 꿈꾸되 쉽게 실천할 수 없는 은거를 실제로 행한 사람이어서도 아니다.

이규보가 얼굴도 알 수 없고 만난 적도 없을뿐더러, 심지어 같은 나라 사람도 아닌 도연명을 좋아할 수 있었던 유일한 이유는 그의 담박한 시였다. 취향의 세계는 윤리 의식보다 정직하다. 나와 비슷한 것, 내가 원했던 것을 단숨에 알려준다. 가늘고 약한 그 끈을 통해 우리는 서로에게서 닮은 것을 발견하고 그곳으로 달려간다. 마치 자신의 또 다른 분신을 발견한 것처럼. [이은주]

달이 뜨면 오신다더니

•

낭군께선 달 뜨면 오신다더니
달 떠도 낭군께선 아니 오시네
아마도 우리 낭군 계신 곳에는
산이 높아 달 뜨기 더딘가 보네

郎去月出來 月出郞不來
相應君在處 山高月出遲

－능운(凌雲, 생몰년 미상), 〈낭군을 기다리며[待郎]〉

•

시계가 없던 옛날에는 약속 시간이 지금처럼 정확하지 않았다. 그러니 하염없이 기다리는 것 말고는 다른 방법이 없었다. 기다림은 상대에 대한 그리움을 더욱 키우기 마련이다.

오지 않는 낭군을 기다리면서 그리워하다가 원망하다가 미워하다가 걱정하다가 체념한다. 하루에도 열두 번씩 그런 감정에 지쳐가다 오직 무사히 그대가 와주기만 고대하게 된다. 그러다가 기대했던 날짜가 훌쩍 지났다. 이제 어쩌면 낭군은 약속을 잊었을지도 다른 연인이 생겼을지도 모른다. 그래도 끝내 인정할 수는 없다. 포기보다는 기다림을 선택하는 쪽이 마음이 더 편하다.

이제 더 이상 누군가를 기다려주지도 기다리지도 않는 세상이 돼버렸다. 언제나 실시간으로 연락을 주고받을 수 있다 보니, 상대방을 기다리는 동안 싹트던 애틋한 마음은 슬그머니 사라져갔다. 통신수단이 발달할수록 인간은 더욱더 외로워지고 소외되는 이 묘한 역설을 어떻게 설명할까?

“네가 오기로 한 그 자리에 내가 미리 가 너를 기다리는 동안 다가오는 모든 발자국은 내 가슴에 쿵쿵거린다.” 황지우의 시 〈너를 기다리는 동안〉의 일부다. 이러한 간절한 기다림과 그리움이 없어지면서 우리의 약속은 무게를 잃었다. 휴대폰은 약속을 정하는 애틋함보다는 손쉽게 약속을 취소하는 역할을 맡게 됐다. 우리는 소중한 누군가의 연락이나 인연도 스팸 처리해버렸는지도 모르겠다.

능운은 담양 출신의 기생으로 자를 향학이라고 했다. 자세한 행적은 전하지 않는다. 다만 가객(歌客)이었던 안민영(安玟英)과 교분이 있었다고 알려져 있다. 안민영은 가집(歌集) 《금옥총부(金玉叢部)》에 180수의 시조를 남겼다. 그중에 기녀와 관련된 것으로는 8도(道) 19개소 42명의 기록이 나온다. 그들 모두와 사귀었는지는 분명치 않지만 일편단심 능운만 사랑하지 않았던 것은 분명해 보인다.

안민영은 능운의 죽음을 전해 듣고 “담양의 능운이 이미 죽었으니 호남의 풍류는 이로 인해 끊어졌다”라고 한탄했다. 아마 뒤늦은 후회와 탄식이었을 것이다. 누군가에게 호기심으로 시작된 사랑이 누군가에는 운명이 될 수도 있다. 그에게는 그녀가 그녀들 중 하나였고, 그녀에게는 그 사람뿐이었다. 책임감 없는 감정은 호된 대가를 치르게 마련이다. 치정(癡情)이란 정에 어리석은 것이고 그 끝은 서로에게 불행을 초래한다.

볼프강 보르헤르트(Wolfgang Borchert)는 《이별 없는 세대》에서 우리 세대를 두고 진정한 존재끼리 만난 적이 없으니 이별조차 없는 세대라고 했다. 지금 우리는 상대를 향한 절실한 기다림이나 그리움도 없이 혼자 있기 두려워 그저 함께 있는 시간만을 즐기고 있는지도 모르겠다. [박동욱]

웃음으로 전하는 인생의 참맛

•

날더러 무슨 일로 푸른 산에 사느냐고 묻는다면
웃으면서 대답 않으니 마음 절로 한가롭네

問余何事棲碧山 笑而不答心自閑

– 이백(李白, 701~762), 〈산중문답(山中問答)〉, 《전당시(全唐詩)》

•

언어라는 그릇 속에 담기에는 너무 큰 말이 있다. 입을 통해 뱉어내는 순간 변질될 것 같아서 혼자 마음속에 묶어두는 감동을 가진 말이다. 이 시는 시의 신선[詩仙]이라고 칭송되는 이백이 남긴 많은 유명한 시들 가운데서도 단연 손꼽히는 명편이다. 마음이 속세를 완전히 벗어난 자만이 느낄 수 있는 여유가 시에 묻어난다. 웃으면서 답하지 않는다는 '소이부답(笑而不答)' 네 글자에 천부적 시인 이백마저 표현 못 할 인생의 참맛이 있다.

'자연'과 '탈속'이라는 이미지와 즉각 연결되는 또 한 명의 시인이 있다. 마흔 남짓 나이에 "돌아가자, 돌아가자" 노래를 부르며 귀향하여 다시는 관직에 오르지 않았다는 도잠(陶潛), 곧 도연명이다. 그런데 재미있는 것은 도연명 역시 자연 속에서 깨닫는 삶의 이치에 대해 말을 아꼈다는 것이다. 도연명의 대표적인 시 〈술을 마시고[飮酒]〉에는 이런 내용이 나온다.

동쪽 울 밑에서 국화를 따다	採菊東籬下
한가로이 남산을 바라보노라	悠然見南山
산 기운은 해 질 무렵 아름다운데	山氣日夕佳
나는 새들 어울려 돌아오누나	飛鳥相與還
이 사이에 참된 뜻이 있으니	此中有眞意
말하려다 어느덧 말을 잊었네	欲辯已忘言

인구에 회자되는 구절이다. 특별할 것 하나 없는 심심한 일상이요, 늘 반복되는 자연의 주기다. 그런데도 시인은 이 소소한 사이에서 말을 잊게 만드는 인생의 참맛과 마주한다.

그러고 보면 삶의 이치라는 것은 평범한 하루 속에서 갑작스레 '툭탁' 하고 깨달아지는 것이 아닌가 싶다. 툭탁 깨닫는 순간, 글로 쓰면 너무 싱겁고, 입으로 뱉는 순간 흩어져버릴 것 같은 벅찬 감동이 밀려온다. 그래서 타고난 감성의 소유자, 내로라하는 글쟁이들도 이 감동을

'무언(無言)'을 통해 역설적으로 표현했던 것이다.

하루에도 수천 가지의 지식이 쏟아지는 정보의 바다 인터넷이 이제는 개인의 감정과 생각, 경험까지 함께 실어 나르고 있다. 개인의 삶을 소유하던 시대를 지나 이제는 공유하고 소통하기를 원하는 시대가 된 것이다. 하지만 때로는 공유보다 소유에 욕심내고, 기록보다 체험 자체에 집중하기를 권하고 싶다. 천혜의 자연 경관을 마주한 소감을 페이스북에 올리느라 자연 속에 흠뻑 빠져들지 못하고, 연신 카메라 셔터를 눌러대다가 입에 침이 절로 고이는 음식 맛을 충분히 느끼지 못한다면 아쉬울 일이다. 때로는 표현하지 않는 것이, 자신만의 맛으로 묵혀두는 것이 더 멋스럽다. 근사한 말로 표현하느라, 여러 사람들과 두루 나누느라 마음속에 '툭탁' 소리 나는 그 벅찬 감동, 깨달음의 순간을 놓치고 있는 것은 아닌지 생각해볼 일이다. [손유경]

어렵고 어려운 세상살이

•

예봉 감춰 처세함은 속임수 많은 게요
팔뚝 걷고 이름 숨김 또한 재앙 가깝다네
늙어서야 비로소 편히 사는 꾀를 아니
장차 이 몸 상향(桑鄕)에 눕히고자 하노라

藏鋒處世如多譎　攘臂逃名亦近殃
老大始知閑活計　欲將身世臥桑鄕

- 심의(沈義, 1475~?), 〈취해서 쓰다[醉書]〉, 《대관재난고(大觀齋亂稿)》

•

세상을 사는 방법은 실로 다양하다. 그래서 그런지 서점에는 처세술을 말해주는 책들이 넘쳐난다. 진정성을 바탕에 둔 삶의 정석을 가르치기보다 약삭빠르게 상황에 대처할 수 있는 자잘한 꼼수를 설파하기도 한다. 삶에는 모범 답안이 정해져 있지 않으니 처세를 참고하여 각자 소신대로 한세상 살면 그뿐일지 모른다.

음흉하게 자신의 소신이나 생각을 절대로 드러내지 않는 부류가 있다. 자신과 관련된 이야기는 행여나 약점이 될 수 있으니 되도록 이야기하지 않는다. 대화의 대부분을 남들의 약점이나 단점에 관한 이야기로 채운다.

자신의 이야기를 하지 않는 사람은 신뢰하기 힘든 경우가 많다. 진정한 소통이나 대화는 자신의 치부마저도 보여줄 수 있는 용기에서 가능하다. 사람 간의 관계는 아무리 조심해도 상처받게 된다. 권투에서는 상대가 아무리 보잘것없다 해도 한 대도 맞지 않는 시합은 없다. 한 대도 맞지 않으려 하지 말고 맷집을 키울 일이다.

반대로 무턱대고 세상과 정면으로 부딪치는 부류도 있다. 사소한 일에도 정의감을 아끼지 않는다. 그러나 세상의 모든 부조리에 혼자 맞서 싸울 수는 없다. 분노하고 저항해야 할 것을 분별하는 밝은 눈이 필요하다. 그냥 넘기지 말아야 할 것을 두루뭉술하게 넘어가면 비겁이고, 넘어갈 일을 악착같이 따지면 아집이다. 이처럼 문제는 각자가 생각하는 분노가 야기되는 지점이 다르다는 데에 있다. 삶에 대한 태도는 비겁과 아집 사이에서 적절한 위치를 찾는 데서 결정될지도 모른다.

이 시에서 늙은 시인은 말한다. 늙어 보니 굳이 자신을 철저히 숨길 필요도 느끼지 못하고, 남들과 대거리하며 싸울 일도 없어진다. 그저 시골 마을에 제 몸 누일 집 한 채 구해 살면 된다. 남과 겪는 필요 이상의 화해나 불화도 다 부질없다. 그동안에 내가 싸워왔던 것들은 다 무엇이었을까. 젊은 사람들은 따라 해서도 안 되며 따라 할 수도 없는 경지다. 시비마저 초월한 노년의 지혜를 보여주는 시다. [박동욱]

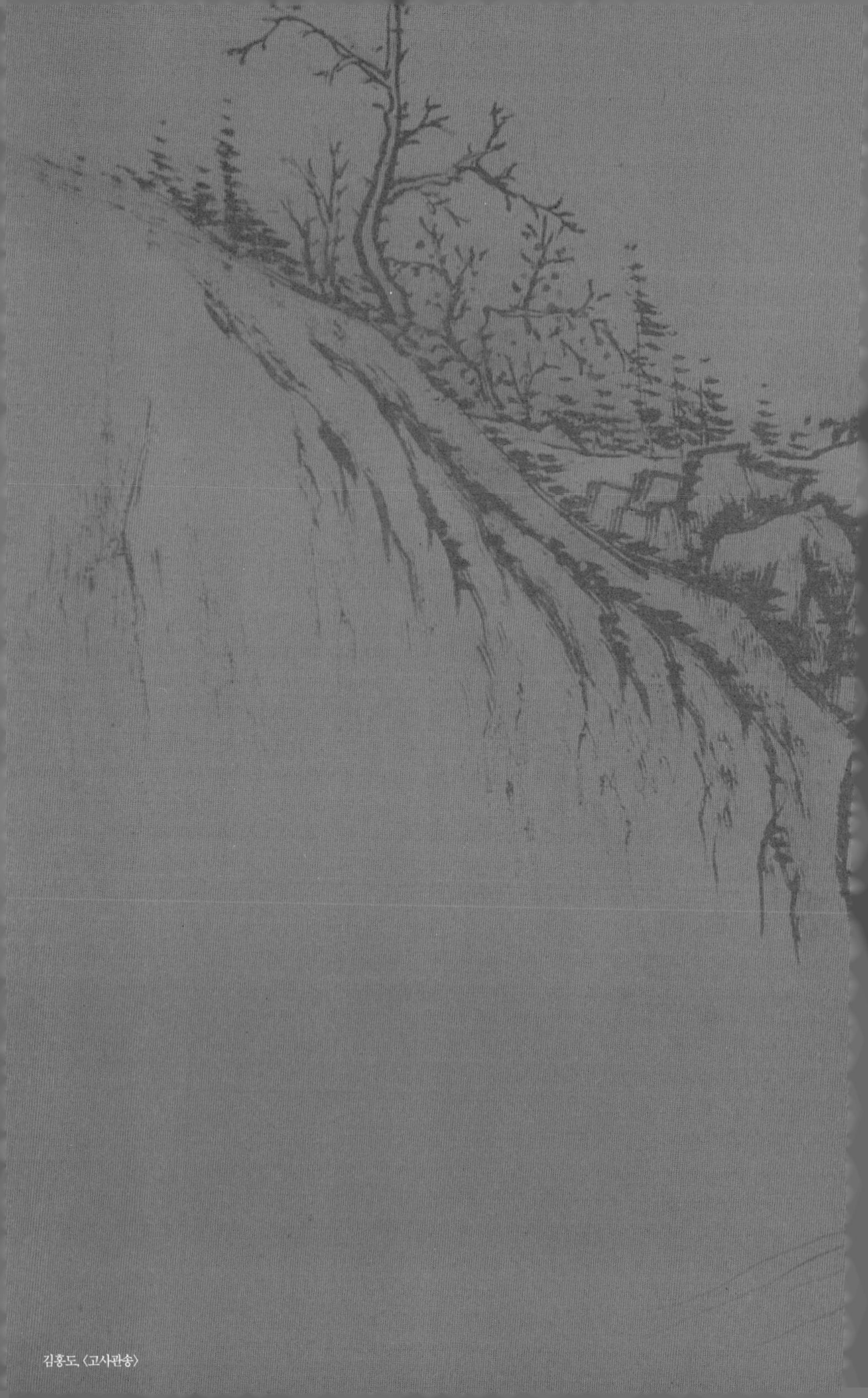

김홍도, 〈고사관송〉

5부

달은 차지 않고 별만 밝으니 고향 생각에 아득하다

집으로 돌아가는 길

•

온 산에 가을빛 물든 가운데
오솔길이 절로 트여 있네
萬山秋色裏 逕路自相通

– 정약용(丁若鏞, 1762~1836), 〈파직되어[罷官]〉, 《여유당전서(與猶堂全書)》

•

들어가기도 어렵고 오래 버티기도 어려운 직장. 취직이 어렵고 명예퇴직이 쉬운 이 시대에 직장이 우리들에게 갖는 의미는 너무나 크다. 연애, 결혼, 출산을 포기한 세대라는 '3포 세대'의 등장은 취업난이라는 경제적 문제를 바탕에 깔고 있다. 그동안 우리가 살아가면서 당연히 맞이하는 단계였던 이 일들은 어쨌든 경제력을 필요로 한다.

직장인의 삶 역시 녹록치 않다. '저녁이 있는 삶'이라는 정치 슬로건이 나왔을 정도로 직장인은 잦은 야근에 시달리고 머릿속에는 '사오정(45세면 정년)' 같은 말들이 불안하게 어른거린다. 들어가기는 힘들지만 정년까지 버티기는 더더욱 힘든 직장 생활에서 뜻하지 않은 '퇴직'이라는 단어는 공포에 가깝다.

그러나 다른 시대라고 뭐가 달랐을까. 조선시대에는 많은 사람들이 과거시험에 목을 맸다. 관직에 진출할 수 있는 거의 유일한 길이었기 때문이다. 관료가 된다는 것은 나라를 다스린다는 자신의 욕망을 실현할 기회를 얻는다는 의미만이 아니다. 이들은 다른 한편으로 녹봉을 받고 삶을 영위하는 경제생활을 했다. 그러다 보니 여러 가지 이유로 파직되어 집으로 돌아갈 때 도연명을 떠올리면서 그까짓 녹봉 때문에 내 지조를 굽힐 수 없다고 초연해했을 리 만무하다.

그들도 한 가정의 남편이며 아버지다. 생계 유지에 대한 부담이 없을 리 없다. 부유한 가문의 자제가 아니라면 관직만이 이들의 사회적 위치를 지탱해주고 생계를 유지하게 하는 유일한 방편이다. 지금처럼 남편을 대신해 아내가 생계를 유지하기는 어려웠던 시기라 더욱더 그럴 것이다.

파직된 뒤 집으로 돌아가는 정약용의 마음은 복잡하다. 벼슬살이를 제대로 해내지 못했다는 자괴감과 함께 차라리 잘되었으니 시라도 짓고 살겠다는 홀가분한 마음도 든다. 그러면서도 세상에 횡행하는 무리들을 쥐새끼 같다고 욕하고, 인생사는 누구도 알 수 없으니 이런 일에 일희일비하는 것이 조삼모사(朝三暮四)하는 원숭이 같다고 생각하기도 한다. 내가 이렇게 돌아가면 가족들은 얼마나 슬퍼할 것이며, 앞으로 나의 운명은 어떻게 될까, 걱정 근심에 사로잡혀 길가의 풍경이 제대로 눈에 들어왔을 리 만무하다.

집으로 가는 내내 자신에 대해, 자신이 가야 할 길에 대해, 그간의 벼슬 생활에 대해 여러 가지로 생각하던 그는 결국 어느 정도 마음 정리를 끝냈던 모양이다. 가족들에게 상황을 어떻게 설명할지, 앞으로 어떻게 살아야 할지, 어느 정도 가닥이 잡혔을 때 시선은 비로소 자신의 안에서 밖으로 펼쳐진다.

눈앞에 펼쳐진 산의 울긋불긋한 단풍을 보면서 어느덧 다가온 가을을 실감한다. 거의 도착했는지 집으로 가는 오솔길도 눈에 띈다. 그는 잠시 이런 생각을 하지 않았을까? "그래도 여전히 가족들은 나를 따뜻하게 맞아주겠지." [이은주]

눈부신 순간은 언제나 짧다

한 달 삼십 일 중에 다 찬 것은 하룻밤뿐
인생 백 년 마음속 일 모두 이와 같은 것을
三十夜中圓一夜 百年心事總如斯

– 송익필(宋翼弼, 1534~1599), 〈보름달[望月]〉, 《구봉집(龜峯集)》

작가 김동리는 수필 〈보름달〉에서 "나는 보름달의 꽉 차고 온전히 둥근 얼굴에서 고전적인 완전미와 조화적인 충족감을 느끼게 된다"라며 보름달을 찬미했다. 초승달, 그믐달, 반달, 보름달 중 어떤 달을 좋아하느냐는 개인의 기호겠지만 대체로 사람들은 보름달을 좋아하는 것 같다. 달이 유난히 크고 환하게 보이면 '오늘이 보름이던가?' 하면서 음력 날짜를 어림해보는 것도, 보름달과 소원 빌기를 연결 지어 희망적인 이미지를 부여하는 것도 대중의 보름달 애호를 반영하는 습관이다.

보름달이 가지는 이미지는 '완(完)'이다. 사람들은 완료, 완벽, 완전과 같은 꽉 찬 100퍼센트에 희열하며 완전함을 조금이라도 가로막는 결핍에는 관대하지 못하다. 8대 1로 야구 경기를 크게 이겼음에도 아깝게 완봉승을 놓쳐버린 투수의 1실점에 더 집착하는 꼴이다. 그러나 완전함은 쉽지 않다. 게다가 찰나에 사라진다. 하루하루 더디게 차올라서야 온전히 둥근 모양을 보이는 달처럼 그 과정은 지루하다. 그리고 보름달이 하룻밤 만에 이지러지듯 정점을 찍는 순간 곧바로 덜어내기, 내려가기의 시작이다.

송익필은 뛰어난 재능의 소유자였으나 아버지 송사련(宋祀連)이 천첩의 자식이었기 때문에 벼슬길에는 나아가지 못했다. 심지어 노비 신분이었던 아버지가 외삼촌을 모함하여 그 대가로 양인 신분을 받아냈다는 사실이 발각되면서 송익필은 다시 노비 신세가 되었고, 붙들려가는 것을 피하기 위해 성까지 조(趙)씨로 위장하고는 친지 집을 전전하는 떠돌이로 살았다. 시인에게 완벽한 행복의 순간은 보름달이 곧바로 이지러지듯 그렇게 짧았다. 당대의 뛰어난 문장가들과 어깨를 겨루며 자신의 능력을 펴던 시간들이 한순간에 꿈같이 아득하게 사라진 것이다. 그러나 시인은 오히려 완벽의 짧음과 어려움을 깨달음으로써 비록 벼슬길에는 나아가지 못했으나 학문적 성숙과 시인으로서의 높은 경지를 이룩했다. 그렇기에 당시 사림(士林)의 추종을 받는 인물이 될 수 있었던 것이다.

깨달음을 통해 인생의 굴곡을 극복한 이 시는 완전함에 열광하는 우리에게 경계의 마음을 일깨워준다. 더 나아가 보름달 뜨는 하루에만 집착하느라 스물아홉 날의 소중함을 잊고 사는 것은 아닌지 되새겨볼 만하다. [손유경]

나그네에게는 세상 모든 곳이 집이다

인생이란 따져보면 원래가 나그네
가는 곳이 집이요 고향이라네
人生點檢元來客 着處爲家亦故鄕

– 조경(趙絅, 1586~1669), 〈초가집[茅齋]〉, 《용주유고(龍洲遺稿)》

유목민을 뜻하는 '노마드'는 21세기 정보화시대를 상징하는 용어가 되었다. 낙타를 타고 이곳저곳을 떠돌던 과거의 유목민처럼, 디지털 기기로 공간의 제약을 극복한 현대인들은 끊임없이 세계를 떠돌아다닌다. 이제 유학은 더 이상 특별한 일이 아니고, 취업 역시 더 넓은 기회를 찾아 외국행을 선택하는 사람이 많다. 태어난 곳에서 살다가 죽었던 우리 조상들과 비교해본다면, 우리의 삶은 분명 유목민에 가까워졌다.

하지만 노마드라는 의미는 꼭 외국으로 확장하지 않아도 우리 주위에서 익숙해진 현상이다. 우리나라 10년차 직장인의 평균 이직 횟수는

3회, 최초 주택 구입 시까지 평균 이사 횟수는 5회라고 한다. 그러니 평생 동안의 이직과 이사 횟수를 따지자면 갑절은 넘을 것이다. 이 역시 이전 세대와 비교하면 엄청난 유랑이라 할 수 있다.

그런데 이것은 우리가 원한 결과일까? 온전히 선택한 '자유로운' 유랑일까? 오히려 타의에 의한 어쩔 수 없는 선택이 대부분일 것이다. 평생직장의 개념이 사라진 현대사회에서는 유목민의 생활 방식에 익숙해지지 않으면 살아남기 어렵다. 이 점은 과거의 유목민도 마찬가지다. 그들은 좋아서 초원을 떠돈 게 아니다. 가축을 먹이기 위해 새로운 목초지를 찾아야 했을 뿐이다. 그러니 노마드라는 삶의 방식은 처음부터 선택이 아니었다고 할 수 있다.

빠르게 변화하는 현대사회는 이주를 강요하지만, 그럴수록 정주(定住)하고픈 욕망은 간절해진다. 교사나 공무원처럼 안정적인 직장의 인기가 갈수록 높아지는 현상이 이를 반증한다. 세상은 우리에게 끊임없이 변화하고 움직이라고 강요하지만, 우리는 변함없이 한곳에 머물러 있기를 원한다. 익숙한 곳에서 편안함을 느끼고, 낯선 곳에서 긴장을 느끼는 것이 인간의 본성이기 때문이다.

낯선 곳에서 긴장된 생활을 하다 보면 향수를 느끼게 되는데, 엄밀히 말해 현대인이 느끼는 향수는 고향이라는 고정된 장소에 대한 그리움이 아니다. 정주하고픈 욕망과 이주해야만 하는 현실의 괴리에서 오는 일종의 스트레스다. 그러니 낯선 곳이 익숙해져 더 이상 낯설지 않을 때 이 스트레스는 사라진다. 우리는 그것을 '적응'이라 부른다.

현대인들은 이제 노마드적 삶을 살 수밖에 없으며, 낯선 곳에 적응하지 않으면 살아남기 어렵다. 익숙한 곳에 머물러 있을 수 없는 것이 우리의 운명이라면, 우리가 운명에 저항하는 방법은 낯선 곳을 익숙한 곳으로 만드는 것뿐이다. 집과 고향에 대한 전통적 개념은 이제 유효하지 않다.

조경은 이미 노마드적 삶을 받아들이는 자세를 자신의 시 〈초가집〉에서 말했다. "인생이란 따져보면 원래가 나그네, 가는 곳이 집이요 고향이라네."

시인은 인간의 유랑이 탄생의 순간부터 이미 시작되었다고 보았다. 내가 선택한 대로 원하는 대로 세상에 온 사람은 아무도 없다. 삶의 시작이 이미 그러할진대 결국 우리의 인생은 종착지에 다다를 때까지는 늘 나그네 신세가 아닌가. 그러니 지금 내가 존재하는 장소가 곧 내 집이며 고향이다. [장유승]

이들이 차마 꿈엔들 잊히리야

평소엔 세월을 가볍게 여겼는데
이별이 이렇게 아픈 줄 누가 알았으랴

平時輕歲月 孰知離別傷

– 이행(李荇, 1478~1534),
〈아내와 두 아이에게[寄內子及兩兒]〉, 《용재집(容齋集)》

이행은 1504년 갑자사화 때 연산군의 생모인 폐비 윤씨의 복위를 반대하다가 충주에 유배되고, 이어 함안으로 옮겨졌다가 1506년 초 거제도에 위리안치(圍籬安置, 유배된 죄인이 거처하는 집 둘레에 가시로 울타리를 치고 가두던 일)되었던 적이 있었다.

이 시는 1505년 정월 함안으로 유배지를 옮겼을 때 지은 시다. 이행은 이듬해 9월 중종반정으로 풀려나와 다시 등용되었지만 이렇게 풀려나는 일은 행운에 가깝다. 조선시대에 정치적 사건에 연루되어 먼 곳으로 유배된 사람들 중에는 오랜 세월 유배에서 벗어나지 못하거나 유배지에서 죽는 경우도 있었으니, 유배당하는 상황에서 언젠가 풀려나리라는 희망은 실현될 가능성이 거의 없는 희망사항에 가까운 것이었다.

자신의 손에 있던 모든 것이 사라지고 가족들과도 떨어져서 유배지로 가는 가장의 모습은 애잔하기만 하다. 국왕의 진노를 산 터라 만약 그곳 수령의 호의를 얻지 못한다면 유배자의 운명은 가혹해질 것이다. 더군다나 조정의 상황이 어떻게 변하느냐에 따라 이들은 내일 당장 사약을 받을 수도 있고 유배에서 풀려날 수도 있다.

앞날을 예측할 수 없다는 두려움은 또 얼마나 마음을 짓누를 것인가. 그러나 무엇보다 참을 수 없는 것은 가족들과 기약 없는 이별을 해야 한다는 것이다. 같이 있을 때는 마냥 투정 부리고 심술부리던 아이들도, 끊임없이 잔소리하던 아내도 다시는 볼 수 없을지 모른다. 그리움은 간절하지만 서로 만날 수 없는 상황에서 고독과 그리움은 끊임없이 마음을 배회하고 요동치며 쓰라리게 한다.

가족과 떨어져 있는 고통은 먼 과거에만 있지 않다. 아이의 유학길에 아내가 동행하면서 기러기 아빠로 남게 된 적지 않은 가장들이 고독과 괴로움을 토로한다. 문명의 발전으로 모니터로 얼굴을 보거나 휴대폰으로 영상통화를 한다고 떨어져 있다는 사실이 바뀌는 것은 아니다. 기러기 아빠는 또 다른 의미의 유배자가 되어 언젠가 학업을 마치고 귀국할 가족들을 기다리며 홀로 있는 외로움을 견딘다.

행복한 순간은 순식간에 흘러가고 힘들고 괴로운 시간은 지루하게 머무른다. 아내와 두 아이를 떠나 애타는 마음으로 떠났던 귀양길은 긴 시간이 흐른 뒤 다시 찾아왔다. 57세로 세상을 떠난 이행이 마지막으로 있었던 곳은 유배지였다.

좌의정으로 권신 김안로(金安老)의 전횡을 논박했던 이행은 좌천된 뒤 다시 평안도 함종에 유배되었고 2년 뒤에 그곳에서 세상을 떠났다. [이은주]

형님은 먼저 태어난 나

형님의 모습이 누구와 닮았던가
아버님 생각나면 형님을 보았네
오늘 형님 보고파도 어디 가 만나볼까
의관을 정제하고 시냇가로 나가 보네

我兄顔髮曾誰似 每憶先君看我兄
今日思兄何處見 自將巾袂映溪行

- 박지원(1737~1805), 〈돌아가신 형님을 생각하며[憶先兄]〉, 《연암집(燕巖集)》

형제는 부모를 제외하고는 세상에서 나와 가장 비슷한 유전 형질을 지닌 사람이다. 어디 그뿐인가. 형제는 나와 가장 많은 유년기의 기억을 공유한 존재다.

함께 먹고 마시고 같이 잠을 자고 같이 혼난다. 유년기의 기억이 희미해질수록 더 이상 예전의 형제 사이와 같지 않다. 게다가 각자의 처자식이 생기면 명절에나 안부를 확인하는 것으로 만족하기 십상이다.

다산 정약용은 《여유당전서(與猶堂全書)》에서 "형제는 나와 더불어 부모를 같이하였으니 이 또한 나일 따름이다. 형은 먼저 태어난 나요, 아우는 뒤에 태어난 나다"라 하였으니 형제는 또 다른 나라 할 수 있다.

연암 박지원은 대단한 문장가이다. 그의 문장은 하나도 만만한 게 없다. 글자만 따라가서는 도무지 아무것도 알 수가 없다. 오히려 행간에 더 큰 의미를 담고 있다.

반면에 상대적으로 시를 많이 남기지 않았다. 현전하는 《연암집(燕巖集)》 권4에 〈영대정잡영(映帶亭雜咏)〉이라는 이름으로 42수만이 수록되어 있을 뿐이다.

박제가(朴齊家)가 연암이 율시(律詩, 여덟 구의 한시체) 짓는 것을 보고 축하하는 시를 썼을 정도였으니 그가 시를 드물게 쓴 것은 사실로 보인다. 그러나 남긴 시가 적다고 해서 작품성이 떨어졌던 것도 아니다. 회봉(晦峯) 하겸진(河謙鎭)은 《동시화(東詩話)》에서 연암의 시를 인용하며 "초정 박제가가 연암을 따라가자면 까마득하다"고 평했다.

위 시는 연암의 나이 51세인 1787년에 그의 형 희원(喜源)이 죽자 지은 것이다. 이해는 부인 이씨가 죽은 해이기도 하다. 아버지가 돌아가신 지 20년 만에 형마저 세상을 떠났다. 연암에게 형은 아버지 같은 존재였다. 그동안 아버지가 보고프면 형님 얼굴을 보았다. 연암은 형님에게서 아버지를 느꼈다.

그런 형님마저 세상을 떠났다. 이제 세상에서 아버지의 모습을 가장 많이 닮은 사람은 자신밖에 없다.

연암은 조용히 시내를 찾는다. 아마도 형과의 남은 추억이 서린 집이

못 견디게 했으리라. 시내에 비치는 자신의 모습을 본다. 시내에 형이 보이고 아버지가 보인다. [박동욱]

죽어서 하는 세상 구경

•

관 뚜껑 덮고서도 모를 일 또 있나니
자손들 많고 보면 묘 파헤쳐 옮겨 가네
살아선 좋은 집에 오랫동안 편하다가
죽어선 떠도나니 어이 아니 슬프리오

蓋棺猶有事難知 子大孫多被掘移
生存華屋安身久 死作飄蓬豈不悲

- 김창흡(金昌翕, 1653~1722), 〈갈역잡영(葛驛雜詠)〉, 《삼연집(三淵集)》

•

이 세상에 살아 있는 것도 다 순간에 불과하다. 이 평범한 진리를 사람들은 너무도 쉽게 잊어버린다. 잠시 머물면서도 영원히 살 것처럼 아무것도 내려놓지 못한다. 명예, 권세, 재물을 포함해서 그 어떤 것도 잠시 빌리지 않은 것이 없다. 그러니 남들이 떠받들고 대접해주는 데 길들여져선 곤란하다. 사람들은 내 지위나 관계 속에서 나를 대우하고 대접할 뿐이다.

높은 지위에 머물다 은퇴하면 세상의 염량세태와 비정함을 더욱 체감하게 된다. 수시로 울려대던 전화와 문턱이 닳게 찾아오던 사람들이 어느 순간 뚝 끊긴다. 사람들의 태도도 예전과는 사뭇 달라진다. 알고 보면 사람들이 변한 것이 아니고, 원래의 순연한 나로 돌아온 것뿐이다.

인간에게 가장 명징한 사실은 죽음이다. 그러나 누구나 맞는 이 죽음을 나만은 예외라고 생각하며 넘치는 욕심을 부리며 산다. 결국 내 의지와는 상관없이 죽음을 맞게 된다. 죽음의 강렬함은 욕망에서 무욕으로 견인해주는 좋은 기제로 작용할 수 있다. 죽음으로써 나는 완벽하게 소멸되지만, 남은 사람들과의 이해관계에 따라 또 다른 나는 계속 확대 재생산된다.

김창흡은 당대 최고의 시인 중 한 명이었다. 조선시대를 통틀어서 후대 문인들에게 이렇게 강렬한 영향을 준 사람도 많지 않다.

그는 67세에 2년간 강원도 인제의 갈역에 머물면서 〈갈역잡영〉 392수를 남겼다. 이 시는 그중 한 편으로 정점에 오른 노대가의 진면목을 보여준다.

이 시는 이장(移葬)을 다루고 있다. 죽으면 끝날 줄 알았더니 영면(永眠)의 시간은 좀처럼 허락되지 않는다. 후손들은 풍수쟁이를 데려다가 풍수를 따져가며 명당을 찾아 헤맨다. 그러다 더 좋은 자리가 나면 주저 없이 다시 무덤에 손을 댄다.

산 사람의 욕망 때문에 죽은 사람의 뼈는 다시 세상 구경을 한다. 살아서는 온갖 호의호식을 하다가 죽었는데, 죽어서는 한자리에 머물 자유도 없이 이리저리 떠돈다. 살아생전의 영화는 기껏 백 년도 가지 못하고 산 자들의 욕심에 따라 곤욕을 치른다. [박동욱]

마음이 담긴 선물

상 가득한 고량진미 그게 뭐가 부러우랴
밥 한 사발 싸서 먹곤 부귀영화 잊어버리네

方丈膏粱何足羨 一簞裹罷負榮暄

– 김안국(金安國, 1478~1543),
〈용문사 승려 유선이 나물을 보내주어 감사하며 시를 보내다[龍門僧惟善餉軟蔬謝寄]〉,
《모재집(慕齋集)》

조선시대 4대 사화가 있다. 무오사화, 갑자사화, 기묘사화, 을사사화가 그것이다. 이 중 기묘사화는 조광조를 비롯한 많은 신진 학자들이 참변을 당했던 사건으로 김안국 역시 이 일로 인해 모든 권력을 잃고 쫓겨나 경기도에서 10년 넘게 은거하였다.

그러나 그는 선천적으로 긍정적인 성격의 소유자였다. 낙담과 분노로 세월을 보내기보다는 후배 학자들을 가르치고, 많은 주변 사람들과 교유하면서 그 시간들을 살아냈다. 김안국은 무려 1300여 수에 달하는 시들을 남겼는데, 그중 절반이 넘는 작품이 친구들과의 교제에 대한 내용이다.

그의 시 속에 등장하는 다양한 인물들을 하나하나 꼽아보면 300명이 훌쩍 넘는다. 그들은 무료한 시골 생활을 지탱하게 해준 원동력이었다. 시인은 주변 친지들이 안부 편지와 함께 보내오는 사소한 선물 하나에도 몹시 즐거워했으며, 가볍게 여기지 않고 일일이 적어두었다가 답례시를 보내곤 했다.

하루는 동생 김정국(金正國)이 핀잔을 준 적이 있었다. "형님은 이 물건들을 대체 어느 곳에 쓸 것이며, 무엇 때문에 시시콜콜 책에 적어둡니까?" 김안국은 "정성으로 보내준 것인데 어떻게 거절할 수 있겠는가? 적어두지 않으면 잊어버리게 된다"라고 하며 적는 습관을 버리지 않았다. 주는 사람의 마음을 헤아릴 줄 아는 그의 섬세함이 용문사 승려 유선의 나물 선물에도 고스란히 스며들었다. 시 전체를 읽어보면 시인은 나물에 대해 "해동 최고라고 치켜세우며 밥과 함께 싸 먹으니 매우 맛있었다"라는 시식평까지 달아두고 있다. 근처 사찰의 스님이 때맞추어 보내준 제철 나물에 고량진미 생각은 씻은 듯 사라진 것이다. 소박한 한 끼 식사로 부귀영화에 대한 집착을 벗었으니 스님의 따스한 정이 시인의 마음에까지 스며들었음을 알 수 있다.

화려한 선물들보다 마음 담긴 선물 하나가 오래도록 기억되는 경우가 있다. 수학능력시험 전날 독서실 책상에 놓고 간 후배의 찹쌀떡 하나, 추운 겨울날 연인이 건네준 따뜻한 캔커피 하나의 감동은 오래도록 기억에 남는다. 선물보다 마음이 더 크게 보였기 때문이다. 내가 춥고 외롭고 힘들 때에는 상대의 따뜻한 마음이 몇 갑절 더 크게 느껴진다. 돈으로도 살 수 없는 가장 큰 선물은 정(情)을 담뿍 담은 마음 선물이다.

[손유경]

태어나 반 줄의 글도 읽은 적 없네

일 년 내내 농가에는 즐거움 넘치니
빗속에 삽을 들고 달빛에 김을 매네
부모와 처자가 한방에서 함께 살고
태어나 책 반 줄도 읽은 적 없네

終歲田家樂有餘 雨中荷鍤月中鋤
父母妻孥同一室 生來不讀半行書

– 윤종억(尹鍾億, 1788~1837),
〈과거에 낙방하고 돌아오는 길에 광정에 들러[下第歸路過廣亭]〉, 《대동시선(大東詩選)》

그 옛날 과거 공부는 참으로 어려웠다. 소과 합격자의 평균 연령은 34.56세, 대과 합격자의 평균 연령은 37~38세였다. 마흔 줄에 합격한 사람도 적지 않았고, 85세에 합격한 사람도 있었다고 한다. 합격의 심정을 다룬 급제시도 있었지만, 더 쉽게 찾아볼 수 있는 것은 낙방의 쓰라림을 담은 하제시(下第詩)다.

지금도 수많은 사람들이 현대판 과거시험에 매달려 있다. 공무원 시험을 준비하는 공시족이 30만을 넘었다는 통계가 나올 정도다. 어디 그뿐인가. 고시나 고시에 준하는 시험을 준비하며 화려한 신분 상승을 꿈꾼다.

대학을 졸업해도 단박에 취업하기 어려워졌다. 취업을 위해 재수, 삼수를 하기도 하고, 대학 졸업을 무작정 유예하고 학적을 유지하려 애쓴다. 사범대 학생들은 대학을 졸업해도 바로 선생이 될 수가 없고 2, 3년씩 임용고시를 준비해야 한다. 기성세대가 만들어놓은 견고한 프레임 때문에 젊은이들에게 부과한 물적, 심적 사회 비용은 온전히 기성세대의 부담으로 다시 돌아온다.

붙으면 장원, 떨어지면 차석이란 우스갯말도 있다. 시험은 어쨌든 붙어야 한다. 그래야 지나간 자신의 청춘과 지켜보아 준 부모님과 주변 사람들에 대해 조금의 보답이라도 가능한 법이다. 그러나 이 세상은 언제나 성공한 사람보다 실패한 사람이 많다. 고생한 시간은 그저 아무런 보상 없이 무위에 그치기 십상이다.

실패가 성공을 예견하고 있다면 누구도 실패를 두려워하지 않는다. 그러나 실패가 길어졌을 때 그것이 내 인생의 전부가 될지도 모른다는 불안감이 사람을 힘들게 한다.

윤종억은 본관은 해남이고 자는 윤경(輪卿)이며 호는 취록당(醉綠堂)이다. 본명은 윤종벽(尹鍾璧)이나 후에 윤종억으로 개명했다. 그는 다산 정약용의 제자로 알려져 있다. 이 시는 《대동시선》에 실려 있지만 그의 문집인 《취록당유고(醉綠堂遺稿)》에는 실리지 않았다.

그는 과거 낙방을 확인하고 집으로 돌아오다 어느 집에 묵었다. 그저 보잘것없는 시골집이었다. 고된 노동에 종사하면서도 웬일인지 웃음소리는 그칠 줄 모른다. 태어나 글 한 줄 읽은 적이 없어 제 이름 석 자도 쓸 줄 모르는 무지렁이들인데 말이다. 사람 사는 게 다 거기서 거기인데 난 왜 여태 이렇게 살았는지 슬픈 마음이 가득하다. 남보다 잘되려는 욕망이 결국 남만큼도 살지 못하게 만든 원인은 아닌지 자문해본다. [박동욱]

그곳에 가면 만날 수 있을까

가랑비 내리던 영통사
석양 무렵의 만월대

細雨靈通寺 斜陽滿月臺

– 이행(李荇, 1478~1534), 〈천마록 뒤에 쓰다[題天磨錄後]〉, 《용재집(容齋集)》

절친했던 박은(朴誾)이 갑자사화로 처형되자 이행은 《천마록(天磨錄)》을 꺼내 들었다. 《천마록》은 박은이 죽기 2년 전에 박은과 이행, 혜침(惠忱)이 개성 천마산을 유람하며 지은 시를 엮은 책이다.

가랑비 내리던 영통사와 석양 무렵 만월대에서 이 둘은 무슨 이야기를 주고받았던 것일까. 박은과의 천마산 기행을 떠올리면서 이행은 이 두 장면을 기억해냈다. 영화를 다 보고 난 뒤 기억에 남는 한 장면처럼 이행에게 그 순간의 풍경은 박은의 또 다른 얼굴이 된 것이다.

사람에 대한 추억은 종종 장소와 함께 남는다. 자주 만났던 곳, 함께 가고 싶었던 곳, 다투거나 화해하는 일처럼 다양한 감정이 교차하던 그런 곳들을 볼 때마다 우리는 자연스럽게 그곳에 얽힌 추억들을 떠올린다.

무심히 지나치던 어떤 건물과 골목길이 어느 순간 정답게 느껴진다면 그저 자주 지나쳐서 낯이 익었기 때문만은 아니다. 정답거나 마음이 쓰리거나 슬프거나 그리운 감정들은 그곳을 지나고 드나들던 우리가 사소한 이야기를 쌓아올렸기 때문에 만들어진다.

이행이 영통사와 만월대, 그 장소 자체가 아니라 가랑비와 석양처럼 특정한 한 순간으로 박은을 기억하듯 우리가 마음으로 기억하는 풍경이란 그런 것이다. 아름답고 멋진 풍광만으로는 인상적인 장소가 될 수 없다.

세월이 흘러 내가 알던 곳이 전혀 다른 모습으로 달라지면 내 기억 속의 그곳은 과거의 모습으로 영원히 기억될 것이다. 그리고 내가 느꼈던 감정들은 그곳의 마지막 모습으로 각인되리라. 그러나 나만 그것을 기억할까. 그곳에서 함께했던 우리 모두가 그곳을 그렇게 기억할 것이고, 내가 그랬듯 그 자리를 함께했던 사람들과의 일들과 감정들을 간직할 것이다. 내가 그들을 그리워하듯 그들에게 나도 그렇게 기억되는 사람이면 좋겠다. [이은주]

또 하나의 식구

•

집 없으니 언제나 여관 밥 먹고
술 마시지 않아도 청광*이로다
새로 알면 그대로 친척이 되니
그래서 타향이 바로 고향이라네

無家常旅食 不飮亦淸狂
新識爲親戚 他山是故鄕

– 송익필(宋翼弼, 1534~1599),
〈새로 우거한 곳 이웃에게 두보 시운을 써서 주다[贈新寓隣人 用杜詩韻]〉, 《구봉집(龜峯集)》

•

시인은 신분상의 한계 때문에 평생 출세하지 못하고 불우하게 지냈다. 특히 선친이 과거에 저지른 잘못이 세상에 드러난 뒤로는 노비 신세로 전락했다. 그때부터 시인은 이름을 바꾸고 신분을 감추고는 주위 사람들의 도움으로 이 집 저 집을 전전한다. 어제까지 동등한 입장에서 마음껏 서로 실력을 겨루던 친구들과 하루아침에 애초부터 다른 신분이 된 것이다. 시인이 가졌을 실의와 열등감을 짐작할 수 있다. 시인은

* 청광(淸狂): 마음이 깨끗하여 청아한 맛이 있으면서 그 언행이 규범에 어긋나는 일. 또는 그런 사람.

자부심이 상당하여 친구들이 아무리 높은 관직에 오르더라도 여전히 그들을 이름으로 부르고 관직으로는 부르지 않았다고 한다. 좀 더 깊이 들여다보면 그의 경직된 태도에서 관직에 오르고 싶어도, 심지어 그럴 만한데도 그러지 '못하는 자'의 슬픔이 읽힌다.

'이웃이 사촌보다 낫다'는 속담이 있다. 멀리 사는 친척보다 가까이 사는 이웃이 낫다는 말이다. 당시 시인의 외가 쪽 후손들은 모두 역모 조작 사건에 연루되어 하루아침에 노비 신세가 되었다. 삼촌, 이모, 사촌 할 것 없이 모두 노비가 되거나 제각기 흩어져 피신했다. 이런 상황에서 기댈 수 있는 것은 만들어진 가족, 곧 이웃이었다. 비록 피를 나눈 사이는 아니지만 가까이에서 서로 정을 나누는 것만으로도 또 다른 의미의 가족이 되었던 것이다.

가족이라는 단어는 집 가(家), 겨레 족(族)의 한자로 구성되어 있다. 한 집에 산다는 의미다. 가족과 같은 뜻의 식구(食口)는 먹을 식(食)과 입 구(口)를 합했다. 밥을 같이 먹는 사람들이다. 그러나 그것도 옛말이다. 식구라는 말이 무색하게도 요즘은 온 식구가 한 끼를 함께하기도 쉽지 않다. 우리는 피를 나눈 사람들과 밥을 먹는 횟수보다 그렇지 않은 사람들과 식사하는 경우가 더 많아졌다. 다른 의미로서의 식구다.

시인과 같은 처지는 아니지만 현대인들 역시 넓은 의미에서 본다면 모두 나그네다. 자신이 나고 자란 지역에서 성인이 될 때까지 지내는 사람은 점점 줄고 있다. 학업을 이유로, 취업 때문에, 결혼을 위해 자신의 고향을 떠나 낯선 곳으로 떠난다. 고향보다 타향에서 지낸 시간이 더 많기 때문에 고향에 대한 개념 자체가 모호하다. 우리에게 이 구절이 유독 마음에 와 닿는 것도 나그네로서의 동질의식 때문이리라.

미래학자 앨빈 토플러는 현대 가족의 형태가 시속 60마일 이상의 속도로 변화하고 있다고 했다. 전통적이지 않은 새로운 형태의 가족, 이른바 유사가족, 대체가족이 빠른 속도로 늘고 있다. 일인 가족 모임, 딩크족, 공동체 가족, 재혼 가족, 동성 가족 등 형태도 제각각이다. 이제는 가족에 대해 '어떻게 구성되어 있는가?'라는 질문보다 '어떤 기능을 하고 있는가?'를 따져보아야 하는 것은 아닐까? 가족 구성원 수보다 중요한 것은 가족끼리의 따뜻한 정이다. [손유경]

공동체의 안녕과 풍요를 기원하며

곰취로 쌈을 싸고 김으로도 쌈을 싸
온 집안 어른 아이 둘러앉아 밥을 먹네
세 쌈을 먹고 서른 섬이라 함께 외치니
가을 오면 작은 밭에 풍년 들겠네

熊蔬裹飯海衣如 渾室冠童匝坐茹
三噍齊噂三十斛 來秋甌窶滿田車

– 김려(金鑢, 1766~1822), 〈정월대보름의 노래[上元俚曲]〉, 《담정유고(藫庭遺藁)》

2014년 2월 14일은 음력으로는 정월대보름이면서 양력으로는 밸런타인데이였다. 집에서는 오곡밥과 나물반찬이 밥상에 오르고, 길거리 제과점에는 초콜릿 제품이 한가득 진열되었다. 그런데 젊은이를 중심으로 한 사회 분위기는 아무래도 사랑하는 여인이 남성에게 초콜릿을 선물하는 달콤한 날에 초점이 맞춰졌다. 안타깝게도 천여 년이 넘게 우리나라에서 지속된 세시풍속의 의미는 1990년대 이후 일본을 통해 들어온 서양의 풍습에 가려지는 듯했다.

정월대보름은 새해가 시작되고 처음으로 보름달이 떠오르는 날이다.

음력을 사용하는 농촌 사회에서 첫 보름달은 한 해의 안녕과 풍요를 기원하는 매우 중요한 의미를 가진다.

이 때문에 정월대보름날에는 귀밝이술, 약밥, 오곡밥, 묵은 나물 같은 시절음식을 먹고, 부럼 깨물기, 더위팔기, 쥐불놀이, 지신밟기, 달맞이 등 다양한 풍속과 놀이를 즐겼다.

이 시는 정월대보름날에 복쌈을 먹던 풍속을 읊은 것이다. 이 시에는 "시골집에서는 묵은 나물이나 김 또는 무청, 배추김치에 밥을 싸서 한 입 먹고는 열 섬이라 부르고, 두 입 먹고는 스무 섬이라 하고, 세 입 먹고는 서른 섬이라고 부르는데, 이것을 '풍년빌기'라고 한다"라는 보충 설명이 달려 있다.

이 시를 읽으면 허름한 시골집에서 어른과 아이가 옹기종기 둘러앉아 복쌈을 먹는 모습이 눈에 선하게 그려진다. 입 안 가득 쌈을 싸 먹으며 열 섬, 스무 섬, 서른 섬을 함께 외치며, 자그마한 논밭에 풍년이 들기를 간절히 기원했을 것이다.

정월대보름은 우리 가족, 우리 마을, 우리나라, 온 세상의 안녕과 풍요를 기원하던 정서를 품고 있었다.

하지만 오늘날 정월대보름의 풍속은 이제 그 형식만 남아 있다. 사실 대가족 농경 사회에서 핵가족 산업 사회를 지나 개인주의가 더욱 강해진 정보화 사회로 진입한 현실에서 정월대보름의 풍속은 어울리지 않는다.

삶의 토대가 바뀌었으니 인간의 의식이 바뀌는 것은 어쩔 수 없는 일이다. 그러나 공동체의 안녕과 풍요를 기원하며 보름달 같은 넉넉한 인심을 나누던 정서는 시간이 지날수록 더욱 간절해진다. [이국진]

영원한 마음의 고향

•

가는 곳마다 밥상에 진미가 많은데
서글피 젓가락 들고 어머니 그리워하네

到處盤中多異味 悵然臨箸遠思親

– 정온(鄭蘊, 1569~1641), 〈밥상을 받고 감회가 있어[對案有感]〉, 《동계집(桐溪集)》

•

'먹방(먹는 방송)'의 열기가 식지 않고 있다. 음식을 맛있게 먹는 장면에서 맛집에 대한 온갖 정보와 레시피에 대한 관심까지, 여전히 먹는 행위는 사람들의 관심을 떠나지 않고 있다. 맛있는 것에 대한 관심이 당연하게 느껴질 무렵, 이 현상에 대한 흥미로운 외신 기사 한 편을 접하면서 우리 사회의 현재 모습이 복잡한 감정으로 다가왔다.

기사에서는 '먹방'에 대한 뜨거운 관심이 매우 낯설고 기이하게 느껴진다는 소감과 함께 외로운 사람들의 대리만족 같다는 분석이 뒤따랐다. 그런 내용을 보니 어쩐지 서글픈 생각도 든다. 일인 가구처럼 혼자

사는 사람이든, 여러 이유로 혼자 먹는 사람이든, 다이어트 같은 이유로 맘껏 먹지 못하는 사람이든, 이 현상이 자신의 욕망을 대리 표출한 것이라는 지적은 수긍할 만한 대목이다.

남이 먹는 모습을 바라보며 열광하는 이 기괴한 상황이 외로움의 발현이라면, 이는 우리에게 먹는다는 행위가 사회적 관계 맺기일 뿐만 아니라 원초적으로 '식구(食口)'라는 단어와 이어지기 때문일 것이다. 분명히 가족들이 모여 앉아 도란도란 이야기를 나누며 밥을 먹던 때가 있었는데 세상은 너무나 빨리 변해가고 우리는 그 속도에 맞춰 허둥지둥 쫓아가고 있나 보다.

더욱 기묘하게도 이렇게 맛 정보가 쏟아지는데도 정작 입맛에 쏙 드는 음식은 찾기가 쉽지 않다. 어쩌면 입맛이란 철저히 주관적이기 때문일 것이다. 유년시절을 통해 서서히 길들여지고 이후 평생의 취향이 결정된다. 그리고 대체로 그 기준은 어머니의 손맛이었을 것이다. 혼자서 타향을 떠돌 때 불현듯 떠오르는 가족의 모습 그리고 '엄마가 해준 음식'이 자동반사적으로 그리운 것은 그 긴 시간 동안 몸에 각인된 기억 때문일 것이다.

그러나 미각도 감각이라 노쇠에 따른 감각의 퇴화라는 과정을 겪기에 어머니의 손맛도 변하지 않을 수 없다. 믿고 싶지는 않지만 변하기 마련이다. 노쇠한 어머니가 힘들게 만들어서 내어놓는 음식은 때때로 내 생각 속의 그 맛이 아니어서 당황스럽기도 하다.

가족에 대한 그리움, 어머니의 음식에 대한 막연한 향수는 어쩌면 실체보다는 원형에 대한 심상일 수 있다. 그래서 너무나 외로울 때 우리는 가족을, 함께했던 밥상을, 그때 먹었던 음식을, 그리고 이제는 음식 자체를, 맛있게 먹는 사람을 보며 위로를 청하나 보다. [이은주]

단란한 즐거움

밤 깊으면 자녀와 단란하게 이야기하고
술 익으면 이웃과 끈끈한 정 나누었지

夜深兒女團欒語 酒熟隣家繾綣情

– 이곡(李穀, 1298~1351),
〈중부가 화답하여 다시 짓다[仲孚見和復作]〉, 《가정집(稼亭集)》

일인 식당이 늘어났다지만 사람들은 혼자 먹는 데 여전히 익숙하지 않다. 원래 먹는다는 것은 지극히 개인적인 행위이다. 누군가와 함께 먹어도 어차피 음식을 목구멍으로 넘기는 건 혼자 하는 일이기 때문이다. 그런데 사람들은 각자 컴퓨터 앞에 앉아 말 한마디 없이 일을 하다가도 식사 시간이 되면 다 함께 식당으로 가서 단란하게 이야기를 나누며 식사를 한다.

단란(團欒)은 둥글 단, 둥글 란, 원래 여럿이 둥글게 둘러앉아 함께 음식을 먹는 모습에서 나온 말이다. 함께 음식을 먹음으로써 한 식구임을 확인하고 친분을 다지는 것이 단란이다. '단란주점'이라는 게 생긴 걸 보면, 함께 술을 마심으로써 친분을 다지는 것도 단란이라고 하는 모양이다. 누구 말처럼 뭐가 단란한지는 모르겠지만 오래전부터 사람들은 함께 먹고 마시는 행위에 단순히 허기를 채우는 것 이상의 의미를 부여하였다.

이 시는 고려 후기의 문인 이곡이 수도 개성에서 고달픈 벼슬살이 와중에 고향을 떠올리며 지은 것이다. 고향에 대한 그리움은 땅에 대한 그리움이 아니라 사람에 대한 그리움이다. 고향에 돌아가도 아는 사람 하나 남아 있지 않다면 고향에 가고 싶은 생각이 들겠는가.

이곡의 뇌리에 떠오른 고향의 풍경 역시 산천의 풍경이 아니라 사람의 풍경이었다. 그는 밤이 깊으면 아이들과 함께 저녁을 먹으며 이야기를 나누고, 술이 익으면 이웃 사람들을 불러 다 같이 마시던 일을 떠올렸다.

한미한 향리(鄕吏) 가문 출신이었던 이곡이 가족들과 함께 먹은 저녁은 그다지 좋은 음식은 아니었을 것이며, 이웃들과 나눠 마신 술 역시 좋은 술은 아니었을 것이다. 기껏해야 촌 막걸리였으리라. 그렇지만 30세 무렵부터 20년 동안 수없이 중국을 들락거리느라 생애의 대부분을 길에서 보낸 이곡으로서는, 가족 및 이웃과의 단란한 한때가 그 무엇보다 소중하게 느껴졌으리라.

해가 뜨면 나가서 일을 하고, 해가 지면 집으로 돌아와 가족과 함께 저녁을 먹으며 단란하게 이야기꽃을 피우는 것은 아주 오랫동안 자연스러운 삶이었다. 하지만 이제는 더 이상 자연스럽지 않다. 부모는 야근에 붙잡혀 있고 자녀는 학원에 끌려다니느라 저녁은 각자 해결하고 밤늦게 귀가하는 것이 당연해졌다.

'저녁이 있는 삶'이라는 구호가 각광받은 것은 가족과의 단란한 저녁 식사를 기대하기 어려운 현실을 반영한다. 가족 얼굴 볼 시간도 없는데 이웃을 신경 쓸 겨를이 있겠는가. 이웃과의 거리가 멀어진 것도 당연한 결과이다.

무엇을 위해 이렇게 사느냐고 물으면, 가족에게 더 좋은 음식을 먹이고 더 좋은 옷을 입히고 더 좋은 집에 살게 하기 위해서라고 말한다. 가족을 위해 가족과 함께하는 시간을 희생하다니, 아이러니가 아닌가.
[장유승]

가족이라는 이름

•

눈물도 말라버렸을 아내를 생각하면
무슨 마음으로 다시 타향의 남편에게 편지를 쓰게 하랴

却想秋閨粧淚盡 何心更斷錦文機

– 장유(張維, 1587~1638),
〈낙방한 후 해서 처가로 돌아가는 장희직 군을 전송하며[送張生希稷下第後歸海西婦家]〉,
《계곡집(谿谷集)》

•

가족들은 나를 위해 울어주고 웃어준다. 기쁜 일이 있을 때 누구보다 축하해주고 슬픈 일이 있을 때 언제나 위로해주고 함께 가슴 아파하는 유일한 사람들이다. 그러니 나의 성공과 실패는 나만의 것이 아니라 가족 모두의 것이다. 그럼에도 나를 사랑하는 가족들은 이율배반적이다. 한편으로는 힘이 되고 다른 한편으로는 짐이 된다.

장희직은 장유의 종가 친척이다. 장유는 장희직을 걸출한 인물이며 비범하다고 칭찬했고 오랜 객지 생활로 깡마르고 주린 배를 움켜쥐며 글만 읽던 그를 안쓰러워했다. 시험에 떨어져 아내와 아내의 가족들이 기다리고 있는 처가로 돌아가는 그의 마음은 얼마나 난처하고 참담할 것인가. 낙방을 한 이상 고생은 아직 끝이 아니다. 자신의 미래를 위해, 집안의 생계를 위해 끝이 보이지 않는 이 일을 언제까지 해야 할까.

어떤 일에 실패할 때 우리는 이런 심정일 것 같다. 지난날의 고생도 떠오르고 자신에게 실망하다가도 더 노력해서 언젠가 이 모든 것들을 설욕하는 날이 오게 하리라고 다짐할 것이다. 그래도 당장 눈앞에 흐릿하게 스쳐가는 건 가족들의 얼굴이리라. 나를 위해 희생했던 이들이 실망하는 얼굴을 볼 면목도, 그럼에도 언젠가는 해낼 거라고 막연히 기대하는 그런 눈빛을 마주할 용기조차 나지 않을 것이다.

그러고 보면 나의 삶은 나만의 것이 아니다. 우리는 모두 태어나면서부터 완전히 독립될 수 없고 수많은 사람들에게 둘러싸여 살아간다. 모든 사람이 내 편일 수는 없다. 어떤 사람들과는 친해지고 어떤 사람들과는 틀어지고 그조차도 때에 따라 관계가 달라진다. 가족들도 마찬가지다. 마지막까지 내 옆에 남아줄 사람들이라는 믿음만 있을 뿐 함께 부대껴 사는 나날이 마냥 즐겁고 행복할 수는 없는 법이다.

회사에서 사직하라고 무언의 압박을 가할 때 '먹여 살려야 하는 처자식' 때문에 극도의 모멸과 수치를 무릅쓰고 직장을 떠나지 않는 중장년층 가장들이 있다고 한다. 내 생각만 한다면 하지 않았을 일들, 참지 않았을 일들을 사람들은 가족을 위해 기꺼이 한다. 세상에 나 혼자만 있다면 미련 없이 힘겹고 고생스러운 많은 일들에서 손을 놓아버릴 것이다. 때로는 참고 버티면 언젠가는 결실이 있으리라는 것을 알면서도.

그러니 결국 가족은 부담이 되는 동시에 나를 일으켜 세우는 존재이다. 사랑과 기대에 부응해야 한다는 그 부담감이 포기하려드는 매 순간마다 우리를 다잡아줄 것이다. 잔혹한 동시에 자애로운 가족이라는 이름으로. [이은주]

마음이 자연과 하나 될 때

달은 하늘 가운데 이르고
바람은 수면에 부네
이처럼 맑고 상쾌한 맛을
세상에 아는 이 드무네

月到天心處 風來水面時
一般清意味 料得少人知

– 소옹(邵雍, 1011~1077), 〈맑은 밤에 읊다[淸夜吟]〉, 《격양집(擊壤集)》

오늘날 도시에서는 건물 숲에 가려 달을 찾아보기 힘들다. 현란한 불빛들에 막혀 달빛은 쉽게 지상에 도달하지 못한다. 시멘트로 잘 정비된 강과 하천은 물의 순리를 방해한다. 그러다 보니 물 속과 물 곁에 있어야 할 생태마저 사라졌다. 이런 도심 속에서 바쁘게 생활하는 사람들은 날마다 지친 몸과 마음을 회복하기 위해 또다시 바쁘게 애를 쓴다. 그리고 많은 돈을 들여서 특별한 곳을 찾아가야만 '힐링'을 맛볼 수 있다고 생각한다.

그러나 진정한 힐링의 의미와 방법을 찾기 위해서는 인간 정서와 의식 체험의 기본적인 토대가 자연임을 되새길 필요가 있다. 이 진리를 알고 있던 옛 현인들은 자연과 교감하며 정서와 의식을 가다듬고, 세파에 지친 몸과 마음을 달랬다. 이들은 비구름 걷힌 뒤 맑은 하늘에 떠 있는 밝은 달을 보며 상쾌한 기분을 느꼈고, 미풍이 불어오는 잔잔한 물가에 앉아 차분히 마음을 가라앉혔다.

이 시는 바로 이러한 근본적인 진리를 일깨우고 있다. 여기서 '휘영청 둥근 달이 중천에 떠오르고, 상쾌한 바람이 살랑살랑 물결 위를 지나가는' 풍경의 형상화는 그 풍경을 통해 느끼는 차분하면서도 맑고 개운한 심리 상태의 비유적 상징이기도 하다. 그야말로 대상 세계의 상태와 내 마음 상태가 완연히 하나가 되는 자연합일(自然合一)의 순간이다.

그리하여 시인은 자연을 향한 관조와 음미의 과정을 통해, 가장 자연스럽고 온전한 방식의 쉼과 재충전에 도달할 수 있음을 말해준다.

따라서 간결하고 평범하기 짝이 없는 이 시의 이해는 동일한 체험을 통해서만 완성된다. 그리고 이렇게 체험을 통한 이해에 도달하면, 이 시는 그 어떤 작품보다 특별하고 강렬한 인상으로 다가올 것이다. 이 시가 천고에 걸쳐 명구로 회자되는 이유가 여기에 있다.

물론 그 체험은 반드시 이런 풍경을 접해야만 가능한 것은 아니다. 이 시는 그저 달을 가리키는 손가락일 뿐이다. 시인은 우리 주변에 항상 존재하는 맑고 상쾌한 자연을 맛보고, 잠시 그것과 하나가 되어보길 권하고 있다. [이국진]

살맛 나는 인생,
마음을 알아주는 데 있다

•

한나라 은혜는 얕고 오랑캐 은혜는 깊으니
인생의 낙은 서로 마음 알아주는 것

漢恩自淺胡恩深 人生樂在相知心

- 왕안석(王安石, 1021~1086), 〈명비곡(明妃曲)〉, 《왕임천집(王臨川集)》

•

한(漢)나라 원제(元帝) 때 궁녀였던 왕소군(王昭君). 아름다운 그녀의 얼굴 위엔 운명의 점 하나가 크게 찍힌다. 궁정화가 모연수(毛延壽)는 황제의 총애만이 희망이었던 여인들의 심리를 잔인하게 이용했다.

모연수의 변변치 않은 탐욕은 엉뚱하게도 왕소군을 흉노 부족장 호한야선우와 맺어준다. 과연 불행하기만 한 일이었을까? 후대 사람들의 마음속에 왕소군은 마치 지켜주지 못한 누이와 같은 아련함으로 남아 있다. 아니, 모두들 그렇게 남았으면 하고 바란다.

많은 문인들이 고향을 그리워하는 왕소군의 슬픔을 대신 노래해주마 나섰다. 이 과정에서 호한야선우는 '거칠고 미개한' 존재로서 지나칠 정도의 미움을 받아야만 했다. 물론 그의 의지는 아니었을 것이다.

그러나 이 와중에 '그녀와 그의 진심은 무엇이었을까?'에 주목한 이가 있으니, 송대(宋代)의 문인 왕안석이다. 정통 주자학의 공식 안에서 그는 실력 있고 얄미운 직설화법의 대가이다. 그가 바라본 왕소군의 진심은 무엇이었을까?

한 황실은 가장 아름다운 여인이었던 왕소군을 궁정화가의 교활한 붓놀림에서조차 지켜내지 못했다. 그러나 호한야선우는 어떠했는가. 왕비로서 지극한 예우를 해주지 않았던가. 결국 인생의 낙이란 것은, 서로를 알아주는 마음에 있는 것이 아닐까? 이것이 왕안석의 예리한 눈에 포착된 왕소군과 호한야선우의 진심이다. 일견 이 로맨틱한 발언에, 후대 문인들은 너나없이 들고 일어나 비판을 일삼았다. 국민 누이 왕소군에 대한 모독인 양 말이다.

인생을 살며 가장 '살맛 난다' 느낄 때가 언제인가 생각해본다. 그 다양한 경우의 수 속에서 시인은 이를 서로 알아주는 '상지심(相知心)'이라 명쾌하게 말한다. 참으로 단순하면서도 익숙한 이 말은 나와 너의 아주 작은 관계에만 그치지 않는다. 사회와 개인, 혹은 사회와 사회의 관계에서 교감하고 소통하는 존재들이 느끼는 만족감은 모두 상지심의 자장(磁場) 안에 있다. 연인들의 사랑을 유지시키고, 부모 자식 간의 세대를 초월한 이해를 돕는 데 이 명제는 여전히 유효하다.

두보는 출정하는 병사들의 호기로움보다 그들의 두려움과 가족들의 통곡에 귀를 기울였다. 이는 분명 상지심이다. 다산이 한가한 농어촌 풍경의 행간에서 민중의 질곡을 읽어낸 동력도 역시 상지심이다. 그리고 상대적 박탈감에 떠밀려 다니며 현재를 살아가는 우리 소시민들에게도 필요한 명제가 아닐까 한다. 인생의 즐거움은 서로 마음을 알아주는 데 있다는 이 말은 일종의 주문이며 위로이기도 하다. [김영죽]

하루 한시

1판 1쇄 발행 2015년 8월 25일
1판 5쇄 발행 2020년 5월 30일

지은이 장유승 박동욱 이은주 김영죽 이국진 손유경
펴낸이 김성구

단행본부 류현수 고혁 현미나
디자인 이영민
제 작 신태섭
마케팅 최윤호 나길훈 김민지
관 리 노신영

펴낸곳 (주)샘터사
등 록 2001년 10월 15일 제1-2923호
주 소 서울시 종로구 창경궁로35길 26 2층 (03076)
전 화 02-763-8965(단행본팀) 02-763-8966(마케팅부)
팩 스 02-3672-1873 **이메일** book@isamtoh.com **홈페이지** www.isamtoh.com

ISBN 978-89-464-2005-2 03810

이 도서의 국립중앙도서관 출판시도서목록(CIP)은 e-CIP 홈페이지
(http://www.nl.go.kr/cip.php)에서 이용하실 수 있습니다. (CIP제어번호: CIP2015022285)

값은 뒤표지에 있습니다.
잘못 만들어진 책은 구입처에서 교환해 드립니다.